新世紀叢書
當代重要思潮・人文心靈・宗教・社會文化關懷

給已失落復又尋回的上海

À Shanghai, perdue et retrouvée

虹口多倫路名人街長約 500 米，蘊藏不少民國往事，立了石庫門造型的「海上舊里」牌坊誌之。

南外灘十六鋪夷平重修的濱水公園，所望見煙雲裡的浦東。

法租界梧桐樹下，總是一步一風景。

前龍門書院改裝的龍門邨，位居老城廂，是上海最深最長的弄堂。

炎夏裡就著道旁洗浴自得的小市民。

蘇州河入黃浦江口的外白渡大橋與浦東建築群在遠端招手，河兩岸古典與裝飾藝術建築林立，活脫是一座建築博物館。

和平飯店雙妹化妝品旗艦店櫥窗的五彩現代與黑白古典名媛。

海上夢華錄：憶上海租界弄堂・灘頭浪潮・市井煙塵

【目錄】本書總頁數共256頁

輯二 世博采風

輯三 生活食尚

輯四　雙城故事

輯五　市井風情

海上夢華始末

二〇〇三—〇四年間，為了進行中的博士論文做研究考察，隨著我在追尋的文件、藝品、人物、故事，從法蘭克福、柏林、科隆到了巴黎——這都是旅法時期或是觀光或是求學而熟悉的城市，找起資料得心應手，效率頗佳。相關論文後半部的行程預計到香港、上海，旅居歐美十載後返回亞洲，反而讓我感到陌生。

初抵上海但覺天寒地凍，過幾日竟然飄雪了，與我剛離開的熱帶香港別說是天差地遠，住了兩年的巴黎也沒見過幾次雪。此前約半年，家人剛好至上海工作，滬城對他也是新鮮的，在這個改革開放後迅速發展的都會，過去兩年工作場域的陰霾消弭了大半，於異地重新開始，跟上此地奔騰向世博的氣象，他的腳步也輕快有勁。

我的研究生活十分規律（而單調），白日埋首於上海圖書館三〇年代的史料，日暮時分走出圖書館，千禧年後的上海對我招手，卻只能拖著疲憊的身體走向公車站：懷著圖書館裡浸淫了一日的老上海回憶，沿著七〇年後再度繁華璀璨的淮海路

（昔日的霞飛路）而下，擁擠而每站必停的公交車行進得很慢，允許我一路緩緩拾起新世紀法租界的風華，到霓虹漸次黯淡，就知道外商聚集的虹橋區近了（上海圖書館站於世博開展年通車，走出地鐵站就到圖書館的便利，當年是沒有的，在幽暗的地底想像地上的風光，是截然不同的感受）。週末休憩，我們再回到法租界，試試新開的老宅餐廳；天氣好的時候，於戶外咖啡座閒坐，篩幾分法國梧桐篩落的陽光；或是到外灘走走，一邊仰望那整排留下上世紀資本印記的新古典建築群，一邊瞧著浦東那側仍不斷升起的高樓；或者去黃河路的會館做腳底按摩，啜養生湯品。

至復旦大學探訪師長，討論研究主題，則是難得溢出常軌的小冒險。地鐵10號線開通前，去一趟虹口像是到邊疆，公交得轉好幾程，路況不好而沙塵飛揚，風塵僕僕不只是說法，是很寫實的。在虹口閒逛，書本裡讀到的魯迅，像是還徘徊在公園、里弄、內山書店裡，他所描繪讓人垂涎、具有「香豔肉感」的「藝術」弄堂小吃——薏米杏仁蓮心粥、玫瑰白糖倫教糕——隨著帶有「晚明文選」辭藻的古風叫賣小販，不知去向何方；以日文吆喝而洋人不大買的那些水果和花販子，已成為歷史；算命的瞎子和化緣的和尚，如今不會去閘北，大多在靜安寺前招攬生意。弄堂口的生意與時俱進，魯迅說到「上海市民存在一日，嚷嚷是大約絕不會停止的」，則令人莞爾。

研究結束後我仍然年復一年地返回上海，不僅因為有親友在，猶如多了一個家，總是好吃好住好玩：那時我心裡已經有一部小說在醞釀，隨著每一次到訪愈加清晰。世博之前大量資金湧入、急遽發展高速奔騰的城市，宛若是沾染了張愛玲說的成名定要早、遲了來不及的急迫感，投入這巨大渦旋至滬上淘金的各路英雄好漢，不由自主隨之快速旋轉、沉浮，造就了小說《海上群英傳》。

世博前後的報刊專欄與報導文章邀約，持續我進一步探索上海的動力。我頻繁進出上海卻未曾久居，琢磨出某種特有的溫度與距離感，觀察著什麼持續變動，什麼似乎在轉變中留存下來，好奇著世博之後，那不斷嘶喊著要快的轉速，還能否如舊？或龐雜或細瑣難以納入小說範疇的書寫，在紀實與想像之間變幻的視角，於城市反覆行走，偶然與機緣之間發掘的歷史風物人情，聚匯了點點滴滴長流細水，而為散文集《海上夢華錄》。

以為每隔一陣子訪滬會是常態，世紀大疫來襲，攪亂了所有人所有城市所有事物的次序與道理。不管是散文還是小說的形式，數年間累積的上海記事，無可厚非在虛構與真實、臨場與追憶之間生成，也帶著寫下來已經成為過去的覺悟。過去留下的痕跡，在疫情逐漸淡去的當口重新檢視，恍如隔世，猶如金宇澄《繁花》以九〇年代的聲色犬馬，對照六〇年代的「少年舊夢」。或許王家衛的影視版，揭露的是否符合時代精神已無所謂，不都是少年舊夢嗎？

舊夢其時也是惘然的，要回頭凝望方知個中滋味。我多年於疫前上海行走的痕跡，約略分為五個面向：「**浮光掠影**」是地域書寫，在遊走、觀察、思索之際，爬梳老城廂、法租界、南京路、虹口、浦東等區身世。二〇一〇年世博開幕閉幕前後，我都在上海，以文化研究者的身分，興趣盎然地觀察我所熟悉的世博之初——自一八五一年倫敦工業大博覽會的水晶宮、一八八九年巴黎萬國博覽會的艾菲爾鐵塔、到其後的紐約芝加哥世界展——演變至廿一世紀，以什麼樣的風貌在上海呈現，誌為「**世博采風**」。關於飄忽物質與精神之際的上海文明側寫，收錄於「**生活食尚**」，從飲食穿衣建築電影時尚面向切入；參與上海建築黃金時代、於塑造上海市貌功不可沒的匈牙利建築師鄔達克，出身上海法租界、成為主流時尚雜誌封面首位非白人面孔的混血名模奇娜．瑪夏朵，則以專文介紹。

「**雙城故事**」以香港上海雙城相互對照而暗別苗頭開展，前幾章透過幾件美容用品的流轉，講述始於廣東而在十里洋場大放光彩的雙妹化妝品花露水，如何分立於香港上海各自發展；紅遍大上海的明星花露水如何到了台灣，成為長輩梳妝台不可或缺的存在。張愛玲寫過的淺水灣飯店，曾經接待海明威夫婦、詩人奧登及小說家伊薛伍德，而這兩對「戰地記者」分別以香港為跳板深入中國，留下在重慶與上海的記事。「**市井風情**」主場景的盧灣、南市兩區，在上海發展過程中消失了，併入其他行政區；虹口饒富老上海風情的禮查飯店，同時存留了遠東第一時髦飯店與上海證券交易所的記憶，如今是博物館。我在老城廂行走，弄堂裡鑽來鑽去，買菜、逛舊書攤、尋修鞋，在拆遷中的市場看面料，弄堂裡聞著阿姨燒魚的醬香，人民公園裡聽上海人相親的流言蜚語。

在衛星導航規劃路徑成為常態前，手持地圖古典地探索城市，去感受它的律動心跳，是我喜愛的漫遊方式。波特萊爾（Charles Baudelaire）眼見第二帝國時期的巴黎如蟬般褪去外殼，蛻變為十九世紀的風貌，那顆象徵城市中古之心的聖母院以及零星的中世紀建築（克魯尼修道院、索邦大學前身的神學院、羅浮博物館地下的古宮牆……）斑駁殘存於蟬翼、胸腹之間。詩人哀嘆「巴黎在變，但我的憂鬱紋風未動」（Paris change! Mais rien dans ma mélancolie/ N'a bougé!），「一個城市的形貌要變，唉，比一個人變心更快」（la forme d'une ville/ Change plus vite, hélas, que le cœur d'un mortel）。我跟隨波特萊爾的腳步來到巴黎，之後是柏林，上海。到哪裡都是異鄉人，那憂鬱的顏色多少也淡了，看著城市變動比最薄倖的情人翻臉還快，覺著那個趣味——但循著同濟大學出版的建築書找路，見著圖片裡的弄堂只剩下半個石庫門，一邊還在鏟、磚瓦連番滾落，工人吼著快閃開，仍不由得動魄心驚。

作為一個不完美的漫遊者（**flâneur**），於浮動之世晃悠且安然自得，非我所長，一次次流動於不同時空的漫遊，容許我在稍縱即逝的瞬間，凝望無窮盡的可能。在我眼前與回憶間流逝的上海，是蟄伏的幽魂，隨著每次的閱讀重新有了生命與光彩，再度被召回永恆輪迴的現在。

輯一

浮光掠影

上海新與舊

他們告辭出來，走到弄堂裡，過街樓底下，乾地上不知誰放在那裡一只小風爐，嘟嘟嘟嘟冒白烟，像個活的東西，在那空蕩蕩的弄堂裡，猛一看，幾乎要當它是隻狗，或是個小孩。

出了弄堂，街上行人稀少，如同大清早上。這一帶都是淡黃的粉牆，因為潮濕的緣故，發了黑，沿街種著的小洋梧桐，一樹的黃葉子，就像迎春花，正開的爛漫，一棵棵小黃樹映著墨灰的牆，格外的鮮艷。

張愛玲，〈留情〉

鴉片戰爭之後，戰敗的清廷與英國簽訂《南京條約》，開五處通商口岸，一八四三年十一月十七日，上海正式開埠。自此，這個長江入海的港口，以其潛在的優越對外貿易條件，迅速竄起，於近代史上占有無可取代的重要地位。各國先後提出設立租界要求，華洋雜處東西交匯，遂成都市發展無可避免之勢；上海一躍而為遠東地區最大都會，因有「東方的巴黎」之名。

各式西方建築逐漸融入上海風景，兼具西式排聯屋與江南民居風格的石庫門住宅，興起於一八六〇年代，獨特的里弄文化也於其中發展。走過廿世紀的戰火與滄桑，石庫門與弄堂也老了，在新中國同心一志邁向未來的腳步下，北京拆胡同，上海拆弄堂，迫不及待地要蓋起光鮮亮麗的擎天高樓，打造時髦新都會。外國資金湧入當初的租界，深具全球化精神而少了點特色，走到那裡看來都差不多的「現代」樓房，便在中西合璧、極具民間建築代表性的石庫門一座一座消失之處，一棟一棟地昇起。

魔都上海，東方巴黎。電影裡三、四〇年代的上海，慾望橫流龍蛇雜處，是黑幫、野心家、投機分子的天堂，在這裡只要你有膽放手去賭，就有發跡的機會；多少人來到今日的上海，懷抱的仍是同樣的夢想。香港地產商羅康瑞就在淮海中路的老街區豪賭一把，投入十四億人民幣動遷、整治與改造；別人拆掉殘破的弄堂蓋豪華酒店摩天樓，他花了大錢請專精舊房翻修的建築事務所研究規劃；所有人都覺得他瘋了，他卻認定保存石庫門能為他帶來商機。就這樣，他在這個舊里弄裡打造出新天地。進入內地之前，他在香港地產界不過是後生之輩，新天地的成功，讓他的瑞安集團成為業界佼佼者。（賭博總是有贏有輸，瑞安在新天地附近豪華商場的擴大投資，於二〇〇八年的金融危機裡被套牢了，空擺好一陣子。）

名為新天地，表示不光是依樣整修重現；這無疑是一片洋溢著石庫門與弄堂氣氛的新式建築群，能保存下來的屋瓦細節悉心照料，新蓋的部分也參照了當年法國建築師的設計圖。漫步於新舊交錯的空間，從寬敞的步道望進嵌入新造磚角裡的舊石庫門，驀地轉進狹窄的里弄，一路穿過排排相連的高級餐廳、畫廊、精品櫥窗，滿心希望長巷持續著，盡頭處沒有豁然開朗的喧擾大街。

像是透過巫師咒術，喚起過往歷史的幽靈，穿梭於精心打造的商業空間，被勾魂攝魄的遊客，因而奉獻出同樣幽魅飄忽不定的金錢，投入資金與夢想打造出來的上海新樂園。

新天地的例子衝擊了迫不及待想推平老街重建的思維：原來石庫門可以是時尚的，它讓外國佬見到他們所憧憬的中國，也讓趕時髦的年輕人興奮地湧進來消費。或說新天地不過是披著石庫門外衣的餐飲購物中心，對於它的超高物價水平，不少人都頗有微詞，之後崛起的田子坊，遂吸引了一些懷念老弄堂原汁原味的目光。

位於泰康路二一〇弄的石庫門民居與廠房區，自陳逸飛於一九九八年遷入成立工作室以來，逐漸成為藝術家進駐據點，而有上海新 Soho 之稱；後來畫家黃永玉以史載古代畫家田子方諧音，將其命名為「田子坊」，以誌該區興盛的藝文氛圍。文化創意產業的風潮，使得田子坊快速發展，工作室、藝廊、設計公司、別有風味的藝品小店絡繹湧入；不但逃過拆遷的命運，入駐商家愈來愈多，很快成為可以同新天地分庭抗禮的新地標。

田子坊不同於新天地，儘管設計師與店家不斷為此帶來新意，里弄大雜院的外貌並沒有大幅度的改變。它的趣味也不只在於那些迷人的咖啡館、創意小店。老弄堂的氣息仍舊生動地存在這裡，停留於迷宮樣的里弄排屋，表現在柴米油鹽的真實生活氣味。遊客可以鑽進僅及一二人容身的窄弄，屏息任真正的弄堂居民（對觀光客來說，這多讓人亢奮啊！）擦身而過——不管是提著菜籃的婦女，蹓著鳥籠的老先生，牽著自行車的小夥子，還是睡衣拖鞋逛街回來的婆婆。小區柵門口貼著提醒好奇遊客勿自擅闖、尊重居民起居的告示，弄堂二三層架起晾衣服的長竿，說是晾得愈高乾得愈快，於是內衣內褲都高高在上、臨風招搖，運氣好的話，竹竿下走過還能沾潤衣物滴下的雨露。

任何傳出名聲的景點都必須面臨商業化壓力，使得人為或天生的浪漫像一遍遍回沖的茗茶，滋味一點點地淡了。原本店家與住戶交雜的田子坊，住家就這麼逐步讓位予商業空間，石庫門住宅底層的金店面，很快都被租滿了，愈來愈多藝廊工作室也為餐廳咖啡座取代——畢竟遊客來了，未必會買藝術品，但是找個安靜的角落坐下，喝一杯吃點東西，呼吸著弄堂的空氣，很多都願意的。

然而現在這樣安靜的角落也愈來愈不可求，大量湧進狹窄巷弄尋奇的人潮，讓田子坊失去了悠閒的午後；夜晚的田子坊，又成了另一條閃爍著霓虹的酒吧街，於是有愈來愈多生活受到干擾的居民，也遷出石庫門住宅上層。也許有一天，弄堂的居家生活將完全死寂，商家生氣無比蓬勃，被濕衣服滴滴答答打中的際遇，只會存在記憶裡。

出了弄堂，出租車絡繹不絕放下慕名而來的遊客。沿街法國梧桐的枝葉漸次濃密，縫隙間篩落的陽光也稀薄了。春天，已經去遠了。

（右）新天地石庫門。
（左）田子坊一隅。

豫園．老街．城隍廟

由駛向碼頭的船上望過去，朦朧的夜色中浮現，漸次清晰，是外灘那一排新古典主義建築群。和平飯店（沙遜大廈）祖母綠的尖塔螢著幽光，號稱「從蘇伊士運河到白令海峽最華貴的」匯豐銀行希臘神殿式柱廊與穹頂，挨著氣宇軒昂的江海關大樓鐘塔，燈火璀璨如畫；日治下的台灣銀行也在外灘蓋了棟西洋樓，一道挺進跨國資本於租界樹立的銅牆鐵壁。

拍上海的電影大多不會遺漏這一景，還有哪裡更讓人覺得一眼看去，上海之名即呼之欲出呢？這些美麗的建築卻也代表了中國近代史的一頁滄桑，無怪電影主人公看著外灘的風華，心蕩神馳之際，仍會感到一絲不祥，像是被吸進這城市的闇黑裡。在新世紀，隔著黃浦江相望的浦東摩天樓與東方明珠塔，已成為一望即知的上海地標，但照著它們的鏡頭，多少嘲謔著砸下巨資未必換來品味，那些甘草型、挺逗的小人物，很適合隨著東方明珠一起入鏡（東方明珠在王家衛《繁花》劇集鏡下，成了甘草人物若肯拼搏、不畏嘲謔，在時代浪潮下仍有機會功成名就的勵志象徵）。

十九世紀中開埠的上海，無可避免被捲入近代史的狂瀾，城市景觀與記憶隨之動蕩。更早的歷史很容易被遺忘，外灘跟法租界感覺就是那麼「上海」嘛！華洋雜處的確是上海的標記，然而煙雨江南也同樣在上海的血脈裡。看過名園處處的蘇州，若還是覺得豫園好，絲毫不比拙政園、獅子林、留園遜色，那麼上海人真是幸運的，城裡保存完整的古典園林就這麼一處，留住的仍是江南秀色一絕。

豫園始建於明嘉靖年間，為仕宦的上海潘氏為了「豫悅老親」修繕的私人庭園，已有四百餘年歷史，亭台樓閣、遊廊水榭、山石花木佈局緊湊，深具中國園林一步一風景之雅趣，書畫文物收藏亦十分豐富。觀光旺季遊園，往往一迴身就撞著人，放眼看去盡是一團又一團跟隨舉旗領隊的遊客，如同跟著斑衣吹笛人的腳步，睜著一雙雙著迷的眼，沸騰了童話世界窄巷的鼠群。若能逮到難得的閒適，豫園的垂柳花陰、飛檐畫壁，真能引人進入異於紛擾塵世的僻靜時空——彷若英法聯軍未曾來過，細水潺湲處有文人雅士徐步，賞玩巧手堆疊的假山、玲瓏雋秀的珍石，小樓一角，挺著優雅弧度的憑欄邊，倚著美人臨水照花。

環繞海上名園發展起來的上市公司豫園商城，是一大片迷宮般的購物商圈餐飲廣場，飛檐翹角花邊滴水的仿古江南民居建築，雖然商業氣息濃厚，卻也稱職地映襯豫園絕色。穿過古色古香的街市，終於來到九曲橋前，帶著已經醞釀出來的思古幽情進入豫園遊賞，正好。（還好這個商城沒有被建成千篇一律的嶄新購物華廈……）但是這裡逛逛就罷了，想買點土產紀念品餽贈親友，可得狠下心好好殺價，怎麼都不合算的——而且來過上海的人，都知道這些東西那兒買的，轉手率一般也高。飲食方面，雖然號稱匯集了上海小吃、本幫菜之最，老字號大約只剩下名聲堪以回味，其他的賺一回觀光客生意，也就夠了。唯一不會走味的是星巴克，因為走到那裡都是一樣，所以也不用指望豫園星巴克的咖啡比較懷舊。

豫園對面的湖心亭，「海上第一茶樓」的黃旗迎風招展，倒是鬧中取靜，消磨一個悠閒午後的好去處。人通常不多，因為貴，於是用的茶也不至於太馬虎，還附上鵪鶉蛋、豆干、橄欖、小粽子等茶食。從二樓茶座倚窗而望，南翔饅頭店門口永遠是一條長龍，熙熙攘攘地排隊等著不比鼎泰豐好吃的小籠包；另一邊遊人穿梭不絕的九曲橋，傳說也曾是條吃人的黃龍，為高人降伏化為「九曲欄杆宛轉通」的長橋。所費不貲的茶一遍遍不捨地回沖，一點一點地淡去，卻還是有味；窗邊流瀉出一瞥豫園春光，隨著日影西斜，終只餘一抹殘紅。

到城隍廟口，鐵閘已經拉上，小師父迫不及待換下道袍，輕裝牛仔褲地準備收工。看慣台灣廟宇屋角繁複華麗的交趾陶飾，或許會覺得上海城隍廟素淨得不像廟（更別說電音三太子的想像了）；習於直接跨過門檻入廟燒香禮拜的，也會不習慣這裡在進門前收門票，香油錢都事先幫神明募捐好了。城隍廟歷史比豫園更加悠久，始建於明永樂年間，經歷了無數風霜劫難，現存的當然是近世修繕的。

城隍廟南口有一條上海老街，充斥著百年老字號的藥鋪、銀樓、布莊、食肆、茶樓、豆腐坊，鄰近經營的也都是傳統店家，彷若饒有古意，其實都是為觀光客打造的。沿著老街的方濱中路走下去，深入本地人的地盤，沒那麼光鮮亮麗的店面座落於類同而日漸失修的飛檐馬頭牆、粉磚黛瓦之中，蜿蜒的窄巷裡林立著手機通話卡、包包皮夾、廉價百貨的廣告，二樓扶欄下偶爾還能辨識出逐漸模糊的古式商行招牌，街頭叫賣的是最地道的上海小吃；這裡曾經是上海環城的小東門，城門不在了，老城廂的風貌依稀可見，它才是真正活生生的上海老街。

我曾經與法國來的朋友駐足於老街古樸的「沈永和」招牌下，只見門口堆滿黃泥紅字酒罈，隔一陣子就有人拎了瓶找掌櫃的打酒，未聞酒香已是風景無限，怎捨得不走進去？昏黃的燈下，一式木桌長條板凳，像是屬於龍門客棧那個時代，角落那個低頭喝酒的好漢，感情不是武功卓絕的大俠，就是讓人聞風喪膽的馬賊。這裡賣的是紹興老酒，在錫壺裡溫好送來，說是要保持四十五度恆溫，才有這般的香氣與尾韻，但可不能就著對酒的大碗縱情，一碗一碗地乾了，若是醉了向後一踉蹌，只有應聲倒地的分兒，板凳可不扶人的。下酒菜上了，花生、茴香豆、炸響鈴、馬蘭香干、毛豆百葉、紹興醉雞，像是進入魯迅的小說裡，看過「孔乙己」的友人也會心一笑，說這地方比巴黎暗巷的小酒館更有意思。

之後又回到上海老街，記憶中的酒肆已經不在了，斜對面有家賣酒與雜貨的，賣的是哪裡都買得到的「沈永和」酒廠製品，下酒小菜，就不消問了。豫園商圈不斷往外圍拓展，新的商場持續在蓋，這條老街比起上回來又拆了不少。轉角肉鋪要收市了，重重峰巒迭起的臘肉香腸豬腿肌腱的小山，一點一點往裡頭搬，看了不覺有些悵惘；這家醃臘鋪子似乎已經成為街上唯一的百年老店，能夠再撐多久，沒有人知道。

（右）上海老街商家。
（左上、下）豫園商城與九曲橋。

法租界風景

「請問，上海灘怎麼去？」有時會聽到一臉茫然的觀光客，展開地圖傻乎乎地問著。（就像是在北京問京城在那兒……你現在可不是在上海灘了麼？）上海人多半先皺了皺眉頭，笑著回答，「您是說外灘嗎？」

槍聲，清純可人的周潤發趙雅芝的身影（他們當年都才二十來歲），已成為某個時代的記憶，葉麗儀「浪奔浪流，萬里滔滔江水永不休」歌聲的蒼涼，有時會從商場裡、游船上流瀉而出。墨鏡小馬哥豪氣地燒美金點煙的形象，偶與上海灘的周潤發混淆，但無妨，就如粵語音韻響徹大上海般自然。香港與上海，兩個同樣華洋雜處的（半）殖民城市，自十九世紀以降，或是相互較勁或是互為幫襯，往來浸淫之深，中山路灘頭的香港上海匯豐銀行大樓、淮海路上的中環香港金鐘諸廣場，可不是見證？

但法國人沒有深入香港，沒有像在上海那般經營一個國中之國，在租界遍植梧桐，蓋起花園洋房，讓改變了的城市地貌，深深刻入上海的印記。租界裡與巴黎街景一致的路樹，因為是法國人種的，俗稱法國梧桐，以別於原產中國，古詩詞吟詠不斷，「鳳凰鳴矣、梧桐生矣」的高潔之木，「梧桐夜雨」、「寂寞梧桐鎖深秋」的淒婉梧桐。法國梧桐據說產於歐亞大陸，晉前已見諸中國，稱之懸鈴木，為製古琴佳木良材；清末中法戰爭，法人於滇緬與之邂逅鍾情，攜回並廣植於巴黎，日後引進上海法租界，為離鄉千里的僑民帶來幾許首都風情。果真如此，此桐到底是中國傳入法國，還是法國傳進中國？這大約是很難說清楚的。儘管法國梧桐耳濡目染地沾染了香榭風情，與灰白的巴黎市容也挺搭配，愈看愈「法國」；它所喚起的十九世紀法國風景，在大肆海外擴張、人口與物資大量流通的時代，畢竟也是多重文化交匯融合的產物——於文化史糾纏難分的脈絡裡，「純種」之說不過是個迷思罷了。同樣雜交而茁壯的上海，欣然接受對它而言純屬外來的法國梧桐，任著法國人在它身上打造小巴黎（直至今日，法國人對於曾為「東方巴黎」的上海與依舊洋溢著法蘭西風情的法租界，仍有難解的情結）。

法租界於一八四九年開闢，雖晚於英美率先開發的公共租界，以其優美環境與完善基礎設施，持續擴充發展，逐漸成為上海最高級的住宅區，於公共租界經商的英美僑民、逃避戰亂的白俄難民、上層華人紛紛於此尋覓住所，法僑反倒落居其後，又接近華人舊城區，零售業繁茂，幫會組織興盛。貫穿法租界的商業大道霞飛路（Avenue Joffre），曾經是上海挺時髦的所在——電影院、咖啡廳、麵包坊、皮草

法租界街景。

珠寶服飾等店家林立，華美的表象，或讓人暫時忘卻戰爭的陰霾（多虧了李安精心重現《色，戒》場景的努力，讓我們透過如夢幻影的膠卷魔力，再回到三〇年代的上海）。由霞飛更名為淮海路後，它的商業繁景依舊，遊客絡繹不絕；拐入兩旁交接的巷道，能偷得一個閒適午後，於梧桐枝影屏蔽的小徑悠然而行，期待著與下一棟老洋樓、花園別墅邂逅，不亦樂乎。

就建築而言，法租界的歐式民居要比巴黎灰白的十九世紀公寓、私人宅第更多一點色彩，喜好紅磚的英國人貢獻了不少紅瓦洋房，淡黃、粉色水泥牆的別墅更近法國鄉間景觀，沒有那些老愛喚起巴黎的梧桐，磚紅粉黃的法國南部城鎮，遂呼之欲出。走過大半個世紀的滄桑，見證多少歷史轉折、名人過往，這些雅致的樓房如今各自遭遇不同的命運。逝者已矣，不少在都市規劃開發的腳步下，面臨古蹟維護人士難挽的狂瀾，就這麼被拆卸了，讓位給新來的嬌客。也有些在新中國成立後，理所當然由資本家手裡回歸於人民，不管是為政府機關徵用，還是扶老攜幼占為己居的無產階級。一棟樓裡擠進七八戶人家，雞犬相聞熱鬧渡日，歷史建築便這般柴米油煙、吃喝拉撒中平實地耗損了。

較大型的地標多半搖身一變，成為送往迎來的飯店。前法國俱樂部花木扶疏的寬敞庭園與新古典建築，成了花園飯店的指標，之前的網球、槌球場地，使今日的旅館擁有市中心區令人欣羨的大片綠地。叱吒上海風雲的杜月笙留下的杜公館，落成適逢戰起，之後為國民黨軍占用，直到賣給美國新聞處，杜月笙都不曾遷入公館，流亡香港不久即鬱鬱以終；他沒有住過一天的豪邸在成為東湖賓館後，仍繼續渲染他的傳奇以招攬賓客。經營英文報紙與賽狗場的英國馬立斯家族莊園，曾為國共兩黨接待無數國賓要人，參與多少祕密會談；轉為瑞金賓館持續進行改建，本著「先進的營銷管理」，增添「高檔次現代化」的大樓，遂一點一點失去它的風韻；由洲際飯店集團接手後，在重塑三〇年代風情與當代奢華舒適感之間做了折衷，新建的酒店主樓在歷史建築背後竄起，小心翼翼地保持類同風格，像是海外長大回來認親的兄弟，刻意低調，個子明明大很多，磚也不敢比它紅。

回收洋房優雅氛圍，再創造商業價值的例子，於法租界比比皆是，彷彿一轉身，就有這樣的咖啡館、餐廳、精品店、設計工作坊。白崇禧將軍的汾陽路公館改成啤酒館，為經營的台商賺進不少鈔票，但不是每個人都有這樣的好手氣。在法租界走累了，找家別有風味的咖啡廳歇腳，只要坐久一點，大約可以聽到同鄉口音或是廣東腔的仕女貴婦，興奮地討論開店籌劃事宜——很多時候卻是血本無歸，上海錢可不那麼好賺。

上海餐廳總是來來去去（汾陽路啤酒館早已歇業，現為滬劇院）——這家關了還有新的搶著進來，前仆後繼地像黃浦波濤（浪奔浪流，是喜是愁啊）。我們很喜歡的一家法國小酒館要休業，不免要抽空去吃最後的告別晚餐。老闆兼主廚的法國師傅在上海灘也打滾了十載，這次約滿再續，房東奇貨可居地要漲三倍房價，「好像我賺錢只拿來交房租，自己都不用吃喝了。」先收起來，找到新地方開業，再通知老朋友們，他這麼說。

兩個禮拜後打那兒經過，結束營業的告示已經不在，餐廳再開張，名字沒變，價錢菜單不變的宣傳單貼得到處都是。眼前掃地的阿姨還是看過的舊人，擦窗戶的小弟也是，探進店裡一瞧，忙著擺桌的服務員還是老面孔。

「你們不是關門了？」

「我們又開幕了。」阿姨頭都沒抬。

問起最後晚餐與其他不解之處，阿姨終於停下來，含蓄地笑著，「法國人走了，我們再開幕了。」

顯見是法國佬的上海合夥人連同房東，帶動這一波無產階級革命，攆走外國資本家，合夥人成為唯一老闆，二三廚則榮升廚房總管，於是皆大歡喜。

至於法國人走了以後，菜色與服務是否如前？我們沒再回到那家餐廳，因此無從得知。

（右）梧桐樹下饒有情致的公車站。
（左上）馬勒別墅與花園。
（左中）陝西南路商業區。
（左下）瑞金洲際飯店新舊洋樓。

41 法租界風景

十里洋場

黃袍僧人在天橋上走來又走去，追隨他的鏡頭穿過閃爍著LED廣告的都會叢林與金碧輝煌的廟宇叢林，一陣英文德文交雜，為首那個挺神氣的鷹鉤鼻一點頭，翻譯吆喝著，「和尚，可以了。」僧人摸著理得不太平整的禿頭，黃袍掃過拐角拉著胡琴的盲眼老頭，露天電扶梯下天橋，樹蔭下攤開報紙看了起來。劇組一夥兒下來對場景，助理在花壇邊安腳架，天橋上胡琴還咿咿呀呀，半個賞錢也沒，顯見不是找來搭戲的。靜安公園口圍了一群好事的議論著：「和尚看報紙？這拍的什麼電影啊？」

十里洋場有和尚看英文報也不是什麼新鮮事，特別在靜安寺前，斜對面就是百樂門大舞廳，右鄰兩個大型購物商場，廟牆一側更是乾脆讓各色店家進駐，佛堂寶地下的金店面，最融入紅塵的寺院，莫過於此。

許是我佛慈悲，憑任山門外聚集大批招搖撞騙之徒，遊晃著找善男信女揩油——那邊的假填問卷、以免費試用品為幌子拉客進店護膚；這頭的攝影助理當街找臨時演員，一盯上就說你有珠寶時尚廣告的臉，速速跟他去試鏡吧。最多的恐怕還是徘徊廟口那一票鐵口直斷、看定你不凡之相的術士，像是斜陽裡密密麻麻棲在老樹上的寒鴉；廟方偶爾會廣播要人別算命、小心上當，大多時候就睜隻眼閉隻眼，要相信相士之言，覺得自己命好價錢也好，那是你的事。

靜安寺歷史上溯至三國時代，而卜卦占象這古老的行業，可不是伏羲時就有的嗎？甩開水蛭般拚了命要黏過來的算命仙，沿路東行至外灘，沿途約十里，昔時畫為公共租界地，因號為十里洋場，這條東西向大道名為南京路，以誌一八四二年開放五口通商的南京條約。鞋子好走的話，自靜安寺徐行半個鐘頭到外灘，一路上是大半個世紀的輝煌與滄桑。這裡見證了上海首創的「馬路」（通至英國人修築的跑馬場之道路），開闢上海第一條電車路線，以商貿興盛，遂有「中華第一街」之稱。當年花了大把銀子鋪設的鐵黎木路面一段段撬起，有軌電車早就消失了，電纜線還在，扣住的卻只是相貌平凡的一般公交車──不像香港島還留住貨真價實的古董車廂，叮噹地穿越繁華的中環、金鐘、銅鑼灣，隔世的記憶對於遺老與遊客都一般親切。

由南京路開始發展的十里洋場，隨著各國勢力進入上海角逐，延伸成為這個華洋雜處、迷人的萬惡都市代稱。新世紀裡再度吸引大筆資金湧入的上海，儼然又成了新十里洋場──老建築持續在拆、老字號不斷消減，讓位給洋品牌的旗艦店或地區總部。儘管崇洋媚外蔚為消費市場趨勢，所謂的民族品牌也不甘示弱，南京路再成為內外資本競逐的窗口，畢竟這裡總是萬頭鑽動，寸土寸金，好一塊大肥肉，那個捨得放過？商家在這兒可能一飛沖天，也可能一敗塗地。

雄據灘頭的和平飯店休業好幾年整修，終於又開張了，少不得要去瞧瞧。經營的國外知名精品旅館集團著實下了大本錢，仔細清理修復每一個建築細節，重現融合了裝飾藝術與歌德式風格的爵士年代風華：所有不中不西、不上不下的擺設都拿掉了，以求品味的統一；在上世紀頗富盛名，到本世紀初凋零殆盡，只餘過去榮光的老年爵士吧，該也重新改組了吧？走進飯店，淡淡的蘭芷薰香籠住賓客，溫和地提示，您已經進入優雅而泛著昏黃色調的夢境。作為古蹟整治的成功範例，蓄勢再出發的和平飯店，一切似乎齊備，就是少了點人氣——徘徊於此的上世紀幽魂，倒是無所不在。

走出和平飯店，回到南京路步行街，陰翳之氣瞬時而散。這邊儘管集結不少老店——文房四寶的朵雲軒、金銀珠寶的老鳳祥、張小泉剪刀、亨達利鐘錶、吳良材眼鏡、培羅蒙西服、蔡同德中藥——保存下來的百年記憶是淡薄的（朵雲軒門口架起了不甚風雅的 LED 跑馬燈，張小泉為了與時俱進，也引進「德國老字號」的西式刀具），夾雜在新興的速食餐飲服飾連鎖零售金店面之間，充滿新舊時代各色民生百業交錯的趣味。觀光小火車慢嘟嘟往返的地面如此一塵不染，掉了一片紙屑、一枚落葉，馬上有嚴陣以待的清潔大隊拾起；糖炒栗子、烤肉串、關東煮（稱之為

「特色丸子」，並有本土的麻辣口味）、燻蛋、涼粉的攤商熱切地招呼攬客，有本事的鋪子前很快就排了長列。

交通尖峰與落雨時分，把台灣人的敦厚客氣拋到腦後，拚命與上海人爭出租車的慘烈記憶回來了——什麼時候上海人學會文明排隊，有序等候？但你沒看錯，現在上海人真格兒排隊等公交，地鐵裡還會讓座長者，世博的政令宣導到底收到了成效。說來上海人守法怕事，與開埠以來同諸多勢力周旋的歷史背景，不無關係；以前多少看洋人臉色，現在洋人要進十里洋場，還要看人民政府，可不是風水輪流轉嗎？俗語說戲棚下站久了，位子就是你的，倒也沒錯。

於是你加入真老大房前那一列買鮮肉月餅的行列，心裡還念著人潮滾滾的沈大成外帶窗口鬆軟黏糯的八寶飯、百果鬆糕、梅花糕、雙釀團、金團、赤豆糕、桂花條頭糕……眼見快輪到你，就只差一個人次，卻賣完了，要等下一批出爐。「要等多久啊？」不知道，快了，快了。前後的上海阿姨叔伯，你一句我一句猜臆著烤月餅所需時間，有人耐不住要走，就有人出嘴勸慰多等一會兒，有路人過來看熱鬧，也有人趕忙稱讚好吃，召募排隊嘗鮮的新同志。你一句上海話也聽不懂，卻完全明白他們說什麼，畢竟那凝聚的集體意識是驚人的。熱騰騰的月餅端出來了，一時歡聲雷動，等待時分大夥兒互相打氣熬過來的情分，讓那皮薄餡嫩的月餅分外美味。

秋風起了，掌中的月餅正好暖手，咬下去得當心淋漓的湯汁燙口。夜燈初上，老上海頂時髦的永安、先施、新新、大新百貨隔街排開，霓影華美依舊，但它們早被更豪華絢麗的商場、更年輕薄倖的消費者遺忘了。走過四大公司之首的永安，凝望燈下輝煌的古典歐陸建築與巴洛克塔樓，驀地，薩克斯風響起，二樓邊角的窗門不知何時開啟，低垂帽簷的風衣漢子倚著露台欄杆，為往來行人吹奏小曲。但這可不是黑色電影的場景，屋裡沒有被謀財害命的屍體，演奏者不是硬漢偵探，他是永安僱來的樂手，而樓下早聚集了一票翩然起舞的老上海們。一對對滿頭華髮、搖曳生姿的公公婆婆，面對遊客好奇孜孜的眼與相機，從容地微笑、迴旋，那邊一個落了單，在圈子外獨舞，煞是怡然自得。一曲終了，觀光客為他們喝采，他們轉身對陽台上致意。

差不多了，你也轉身往回走。在龐大如地下城市的地鐵站，一個擦身而過的小姑娘停在出口，目眩神迷望著人民廣場周遭喧鬧的人潮與燈火，大世界跟新世界的塔樓與霓虹，彷若還氤氳著舊時代的壞名聲，不懷好意地招手。半晌，她吐出這麼一句：「感覺自己好渺小。」

隔壁的闊太太剛講完電話，隨手把她的 iPhone 塞進提包，馬上有人摸了就走，手機面板閃閃爍爍的霓光還沒暗淡之前，他已經融進那廣闊無邊的人海裡。

（上）紅塵喧囂裡的靜安寺。

（左下）老上海永安百貨。

（右下）裝飾藝術風格的百樂門舞廳。

虹口探秘

黑頭轎車載著王佳芝上了戒備森嚴的外白渡大橋，緩慢地行進，一輛又一輛機槍環伺的運兵車絡繹往來，太陽旗黑夜裡飄揚著，他們在哨站前被擋下，儘管有特權，盤查驗證照樣仔細。一小段鐵橋，劍弩拔張，風聲鶴唳。過了橋，她進入一個和服與日語當道的世界，重重的格窗拉門一開一闔，那層層隔開復交融的空間，公眾與私密混雜、軍官與娼妓狎昵，她踏上疊疊鋪開的榻榻米，為酌酒自飲的易先生唱上一曲「天涯歌女」。

到虹口也是他的安排麼，她在車上問。李安的鏡頭追隨她到了虹口日租界，深入敵人腹背，入戲了，似真似假地，一個眼波，一個手勢，就這麼攻城掠池。

虹口不是熱門旅遊點，但日本人的觀光攻掠手冊都會提到，多少牽扯著歷史因緣。上海開埠後英美法先後設立租界，經營自己的國中之國，英美租界於十九世紀末發展為公共租界，逐步擴大並分區治理。自十九世紀後半葉，日本僑民陸續進入上海，主要集中於隸屬公共租界東區和北區的虹口，一戰之後，日本人於虹口的勢力已經超過其他國家，並積極參與公共租界管理事務；虹口在日本侵華的野心中逐步扮演重要角色，公共租界工部局已決定將越界築路地段交還中國，日本駐軍仍悍然拒絕，蘇州河以北遂成其控制地區，蔚為「上海日租界」。

很多名人住過虹口。緊依著多倫路「海上舊里」牌坊，那獨樹一格的伊斯蘭風豪邸，曾為孔祥熙公館；白崇禧住過的二一〇號別墅，是紅白相間的法式新古典建築，白先勇亦短暫棲身於此；古樸的磚造教堂上添了飛檐赤柱的，是上海僅存中西合璧的基督會所鴻德堂。三〇年代左翼作家聯盟在這條街成立，魯迅、郭沫若、葉聖陶、瞿秋白、茅盾、丁玲、沈尹默等曾於此居住創作，以他們形象鑄造的銅像，或是伏案而讀，或是持傘而立，或是倚几暢談，或是扶攜後生，一尊一尊地伴著遊人街頭到街尾，不過五百米的小街，蘊藏了多少民國往事。夾在資本家宅邸之間，如景雲里、永安里的石庫門，充滿里弄生活的庶民氣息；阿姨婆婆們敞在弄堂口閒磕牙，遊客與歲月自顧自地走過去，看也不看一眼。

沿街小鋪子多買賣骨董、書畫、玉器、奇石、傢具，月曆牌上鮮麗的美人，泛黃海報裡胡蝶阮玲玉的笑靨。假日要是天氣好，石板道上攤販的古玩飾品小玩意一路擺過去，玲琅滿目，不管真品還是假貨，在陽光下同樣絢麗繽紛。多倫路名人街的觀光始終搞得不怎麼成功，那頭有劇組在拍片，竟沒有半個人探頭過去看熱鬧；

若說有好處，就是遊人冷落，咖啡餐飲的消費也不致於水漲船高，還能貪得一個閒適而實惠的下午。

「你看那個，真是穿睡衣的！」

我跟朋友都瞪大了眼，在那粉紅小碎花走過去以後，不懷好意地拿起相機對準，又怕她聽見快門聲，不敢跟得太近。到上海從來沒看過傳說中大搖大擺睡衣上街買菜逛百貨店的大嬸，或許市府發的儀容宣導手冊還真收到了成效，捉狹的遊客卻不免要失望了。她能感覺到背後貪婪的凝視嗎？那兩隻粗大的麻花辮，紅繩隨意紮住，沉沉地壓著後背，一式不修邊幅的棉布花衫褲，沒看錯，真是睡衣，不是休閒服。走到弄堂口一拐，進去了，不知怎的，有些不捨，好像這輩子再也看不到睡衣逛大街的身影了。

回頭走幾步路，我帶朋友進了魯迅公園。孫中山神戶演說提到，外灘與北四川路兩個公園，中國人與狗是不能進去的；北四川路指的多半是這公園，門口立牌之說，愈來愈有人質疑其歷史真偽，或云是李小龍《精武門》情節，確定的是孫先生必然慷慨激昂，以這個小故事引發多少革命熱血。

朋友興奮地咔嚓咔嚓猛拍——這裡跟她租賃的法租界氣氛截然不同，一點都不小資，濃郁的在地色彩，對於外商公司上班的她，太新鮮了。公園裡一步一風景，

霍山路舟山路口歐風建築是「隔都」的回憶。

園林之色是勝景，園裡唱歌、起舞、下棋、談情的剪影，更是絕景。聽說魯迅當年常來公園裡散步，想他老人家緩步曲徑，穿過垂柳掩映殘荷的早秋，登上越虹橋，舉目而望，劃破花陰漣波的遊船，鑽過橋拱，滑進天光雲影裡，豁然開朗。

樹蔭下沒一張凳子空的，有人攤平了報紙覆在臉上，舒舒服服打個盹；有人擺了棋盤對弈，一旁觀戰的看得津津有味，直比當局的還迷；梧桐下已經開了好幾桌，紙牌窸窸窣窣，麻將筒子互碰，習習搧風是看牌的，偶爾有人胡了，旁邊跟著拍手，別桌的也撈過界來叫好。臨水處有個馬蹄形休憩亭，薄牆略略淺隔，每一座都有一圈票友，或是胡琴拉著咿咿呀呀，或是跟著揚聲器播放的伴唱，那邊兩個擺著名角的姿態對戲，跑龍套的抽閑在後面吊嗓子。亭邊一棵大梧桐遮蔭了多少側耳傾聽的雅客，遠一點那幾人擺開茶座，杯裡的碧螺春映著一池秋水，對著綠瑩瑩葉末染上幾爪金黃的桐影，配幾分不純熟喉韻裡淡泊的滄桑，正好。

轉角那十幾把薩克斯風，儘管參差錯落，陣容夠堅強，還有人指揮。

「老師音樂系退下來，閒不住，每個禮拜來公園教我們。」後邊輪椅上的老人說，「他人真好，不收錢的。附近醫院的老同志都來學，我第二次，還跟不上，就自己練。」說著又吹起來了，要我們多拍照貼博客，讓大家都知道。這微風晴日的午後，越過老年薩克斯風樂隊的肩頭，孩子們的風箏搖搖擺擺地掙扎，草地上打了好幾滾，終於飛起來了。

我把朋友落在公園那兒，趕著在關門前到猶太難民紀念館。列強勢力瓜分的上海，由於是全世界唯一不須護照簽證便可進入的自由港口，於二戰期間收容了不少逃亡的德國猶太人，日本當局將其集中在虹口提籃橋的「無國籍難民指定區」，號為上海隔都。這塊僅一平方英里的彈丸之地，於高峰期擠進二萬多名猶太難民，生活雖然艱苦，仍然建立生機蓬勃的社群，有自己的報紙、學校、禮拜堂，也參與當地運動競賽、戲劇表演，餐廳還有歌舞秀，隔都並不與世隔絕，儼然為「小維也納」。

紹興路還有家維也納咖啡館，供應奧地利式咖啡點心，提籃橋曾經的「小維也納」，只留著霍山路舟山路上那排建於二〇年代的歐風古典建築，見證猶太人口極度密集、商販繁茂的景觀；戰爭結束，猶太人走了，上海人進駐，隔都過往彷若煙雲。

這家紀念館門票昂貴冠於全上海，簡介說明只有英文版，大約算準了上海市民沒興趣花這麼多錢參觀，不如乾脆把目標對準歐美、以色列來的遊客，或是想了解自己民族一頁血淚史，或是家族中真有人逃過納粹魔掌，在隔都留下生活痕跡。導覽員也是一絕，操著口音極重的英語，萬分熱情地解說隔都歷史、館內史料，投入得就像他自己也是猶太人一般。

拿著導覽老伯給的地圖在附近閑晃。「小維也納」的大西洋咖啡館、屋頂花園早就不在，路口卻有家小小的義大利咖啡館，不敢抱太多期望，卻還忍不住要走過去。那當然跟義大利猶太人或義大利沒有任何關係，卻有一樣絕對不義大利的東西讓我嘴饞了——熱呼呼的酒釀水果羹。

過街霍山公園的「無國籍難民指定區」紀念碑，繞了好幾圈才看到，花園藤架下或歇或弈的老人，假山堆爬上爬下的孩童，毫不費力映入眼簾。正一匙一匙杳著我的水果羹，剛才紀念館一同聽導覽的那夥人又出現了，猶太媽媽拎著兒子到紀念碑前，肅穆地讀完說明，對我一笑，翩然而去。

魯迅公園行樂圖。

浦東，浦東

我們在上海劇院附近的酒吧開酌。今日有表演，外頭光明如晝，散場時分人車往來洶湧；這裡端得幽暗如夜，直教人要摸黑走，坐定了，送上的酒單，還得挨著桌上搖曳的燭火勉強地看，像是借幾許鑿壁偷光的情趣。

酒單莊嚴厚重，單品烈酒依產區年分，洋洋灑灑列了好幾頁，雞尾酒更是百花爭鳴，媚著姿態挑逗人。看那架勢是很認真的酒國生意，點了才發現，找這般不夠認真的酒保，註定白忙一場，功虧一簣。在上海就這樣，拐得動老外，本地人也跟著來，做不動洋人生意，房東很快就會趕你了。

「還是不行，浦東那邊新開了很多，下次去看看？」

一旁的時尚編輯帶著伸展台下的素顏，黑白對比的俐落打扮，撇開只嚐了一口就不要的粉紅佳人，輕點纖瘦的菸身，恣意吐出一朵煙雲。一聽這話，馬上杏眉倒豎，「浦東？我是不去的！」

她不管浦東是否首度引進時尚指標的 Apple Store，不少精品名牌已渡過黃浦江，往更誇耀豪奢的新商場發展，或是盤據香港中環的 IFC 團隊，已在浦東打造新國際金融中心——那一臉的不屑，寫得清清楚楚的，浦東就是沒格，一夕竄起的暴發戶，沒有歷史沒有文化。

為此，浦東充分掌握了上海的真實；事實上，浦東並不比浦西更不「上海」。

一九九〇年國家政策決定開發浦東以來，老上海所熟悉的人煙稀少、荒漠般的黃浦江東岸，短短十多年裡變了樣：新機場跟磁浮列車，宣告上海已然為國際都會，有國際級的門面；大量湧入浦東的海內外資金，讓摩天大樓轉瞬如海市蜃樓在荒漠裡昇起。德國統一還都柏林後十年間，大筆資金與名建築師亦躍躍欲試湧入，搶著重塑亦新亦舊、滄桑不掩頑強生命力的國都；然而，大約只有曾為荒域／三不管地帶（no man's land）的波茲坦廣場（Potsdamer Platz）附近，差可比擬資本主義在浦東的光景吧。那是彷若鬼魅的魔咒，荒煙蔓草間，連夜築起笙歌處處聞的畫棟雕梁，置身其中，縱紙醉金迷，還是擺脫不了如這片華美般偏執的虛無感——會不會一覺醒來，豪邸又化為古墳，玉人只餘白骨？

無怪老上海存有浦西的文化優越感。隨著清末民初的血淚史，浦西發展起來，成為華洋雜錯、中西交匯之地，而百年之間，浦東總是一片沉寂；滾滾黃浦江奔騰入海，左岸的外灘華廈一棟棟興起，右手邊則平壤鄉野依舊。海派文化在浦西醞

（上）北外灘望見的浦東建築群。
（下）陸家嘴與東方明珠塔。

釀，大時代動蕩中進出大上海舞台的名人望族，為滬城增添幾許矜貴之氣，與水陸商販崛起的中產小資文化，相映成趣；文人雅舍、江南民居、里弄石庫門、花園洋房、新古典殿堂於浦西比鄰而居，各自刻下印記，又相互交融，遺留混血子嗣。慣於多重文化衝激的上海人，於歷史的翻騰中也學得精乖：海派素以海納百川為傲——那是對自己人而言。於華洋之間應對進退，要不染半點買辦習氣，也難。偷點小奸小惡，欺欺生人，倒也稀疏平常。

而那一向不起眼、老老實實鄉巴子的浦東，竟然也發達了。本地人欺它聚集底層老百姓，素質與教育程度不高，改革開放它搖身一變，轉為新型經濟發展區，浦東人也儼然土雞變鳳凰了。黃浦江右岸飛速築起高樓，遂不讓左岸專美於前，一番蓬勃的有錢大家蓋景觀，與外灘上世紀資本留下的古典建築，相互睥睨；兩岸如此喧囂，那無法做和事佬的江水，聳聳肩，自顧自地匆匆而過。

歷史風起雲湧，獨步於浦西造就的文化底蘊，使上海人情有所鍾，浦東平地而起，火速發展、銳不可當的氣勢，也讓他們竊竊私喜。浦東歡慶開放開發二十年，摩拳擦掌欲於世博一展身手——大家都清楚重頭戲在浦東，浦西園區那片蚊子館，不過幫襯著營造雄跨江左江右的豪氣展場。這時候也不會有人去思索文化內涵的問題，畢竟世博這樣的巨型遊園會，本就是人工繁華的饗宴，設席於浦東——黃粱一夢的片刻，以高度密集資本堆砌的人造樂園——不是再恰當不過？

千年古都如北京、西安看上海，或有浦西瞧浦東那「土雞變鳳凰」的意識，畢竟浦西再怎麼累積文化底蘊，不過近世數百年的光陰（再早的，沒有毀於天災人禍，也拆得差不多了吧），總不夠大器。而或許不夠大器的，是躁急風魔地追求資本財富的大國，像是一晌貪歡，可以不惜將數千年來沉澱的豐厚資產暫拋腦後，預備加入覬覦已久的富國俱樂部，步上歐美先進們過度消耗的後塵。浦西浦東匯流而成的上海，或許在鳳凰的彩衣下不掩土雞的身形，但它扭著屁股大肆招搖的誠實姿態，卻是文化古都們拉不下臉，骨子裡卻暗暗欽羨的——它是這個國家發展至上的黃金指標（說到黃金，這年頭信用卡發卡浮濫，金卡到處是，只得再攀上白金、鈦金較量尊貴，貴金屬數得差不多——價值感也愈來愈低——到黑洞般吸金的無限卡，似乎再無以為繼了），集體意志貫徹的高速飛黃騰達。這趟疾行發展之旅是否有速限，只有歷史才有答案。

幾年前於上海科技館蹓躂，舉目望去，四面空曠無邊，半圓球體的科技館宛如浮出地表的太空船，園區造景彷若騰空而降的異域花園；漫步世紀大道，像是走在某個外星球的軌道，一陣風吹來，身子微微晃了一下，以為要被吹到另一個時空去了。現在的科技館不再一望無際，樓房一座座於地平線那端昇起，四界便緊縮進來；一如往常，鋼筋水泥屋平庸的真實，迅速吞噬外太空似的奇幻風景。

往西而行，自號「東方香榭麗舍」的世紀大道，愈近東方明珠愈顯霸氣，比的不是風情，而是世紀之交的上海，以為走出後殖民陰霾，更大、更新、更卓越的企圖——無限膨脹，亦無比脆弱，是故總帶點鬼影幢幢的魅惑情調。

這一帶高樓林立，頗不乏曼哈頓的壓迫感，到日暮時分，不知怎的，有股揮之不去，荒野大鏢客的蒼茫。夜燈起了，黃浦江上依然遊船不斷，外灘之美，還是從浦東回望，才能盡得其味。

＊＊＊

她把抽了兩口的菸捻熄。提早亡故的菸屍踩著高跟，環顧缸緣，孤零零杵在一堆矮肥的同夥間，有些無助。

「那麼你去香港也只混港島，不到九龍的嗎？」

「咦，你怎麼知道？」

浦東浦西，九龍港島，非可對等而論。於此浮華無底蘊之世，差異在那兒，有時也不那麼重要了。

黃浦江兩岸夜景。

輯二

世博采風

關於巴黎的幾個偶然

「您的班機延誤了，三點抵達，最早也要四點起飛。」十二點到北京機場，被告知航班誤點，何時能出發還在未定數。「從巴黎過來就晚了，得等飛機到了北京，才能飛上海。」地勤小姐做了解釋，沒有致歉。

由於巴黎而誤點，似乎比較容易被原諒，畢竟望穿秋水盼著的，是多少沾染了法蘭西氣息，穿越歐亞大陸與無眠之夜的旅者，忍心苛責嗎？

「一路順風！」G打了簡訊過來。

我回覆說延誤了，還等著呢。隻字片語自有其風魔之處，email或電話直接說，更可以暢所欲言，那麼簡訊到底好在那裡？答案絕對不在比電話便宜，比mail更俐落。簡訊所把玩的那個介於直接間接、有意無意、似遠似近、可進可退的空間，煞是惑人。通知有簡訊進來的鈴聲，短促一鳴，貼著人心跳，極是撩人。發現收到的，不過是無孔不入的廣告，或鈴聲來自隔壁手機，就惱人了。（不知不覺間，簡訊也為社交媒體拋在身後，文字不敵影音，都是可想見的，廣告愈加無孔不入，撩人與惱人的真實依舊，換了一個新的戰場。仍堅持著「古典的浪漫」的友人，則陸續失聯了。）

「往好處想，飄著細雨的午後，在北京機場等巴黎來的飛機，挺浪漫的嘛。」又是一通毫不費力地潛入，若無其事撫著人心的簡訊。

這個春天，冷暖不定的天候，彰顯了氣候變遷的惡意，花兒甦醒的腳步全然攪亂，早開的倉皇謝去，含苞的在冷風裡簌簌抖著。乾燥而污染嚴重的城市，適時降點小雨，似乎整個都溫潤起來，從室內安逸地看出去，殘冬也不那麼嚴酷。在京城待了一個禮拜，盼不到繁花似錦、落英繽紛的失落，遂悄然隨著細雨飄散。

找到一個咖啡座歇腳，儘管袋子裡有書，這時我只想看電影，恰好手邊有的，就是溫德斯的《德州巴黎》（*Paris, Texas*, *Wim Wenders*, 1984），跟我同樣愛戀（法國）巴黎的W送的禮物。就著杯咖啡，影碟進了筆電開始放映（現今的電腦早為串流設計，都沒有光碟機的配備了），瞬時抽離機場這網絡繁複交錯的空間，被吸入高度壓縮的另一個銀河，絕緣於四際的紛擾，卻也絕非平靜的另一片星空。窗外飛機起起落落，往來行人或是拖著行李匆匆而過，或是百無聊賴地打發漫長的等候；我隨著溫德斯的禿鷹，凝望穿越美國大西部枯山荒漠的疲憊旅人，在錯置的詩意空間裡，冥想地平線那一端的花都巴黎。純真情感失而復得、得而復失的永恆循環，

遍尋京城不遇的繁花，在圓明園斷壁殘垣間綻放。

與吉他孤弦上一再重現的清寂調子相應，由沙漠與流浪起始，最終又回諸無止盡的公路與漂泊。而我，困了四個小時之後，也終於離開首都機場，航向另一個港口，暫時的。溫德斯電影留下的空白與迷惘如影隨形——德州巴黎的嚴酷風景裡，夾雜著對法國巴黎的矛盾與憧憬，人生的無奈與飄然而逝、不知能否再現的愛情，極致悲涼裡隱含的浪漫——在我心裡不斷起伏著。

人空腹時特別容易傷感。飽暖之後，陰鬱的北京已在雲霄外，夜色裡浮現的上海拚命地光鮮亮麗，聲嘶力竭也要吶喊，貪婪地壟斷所有關注——世博到了，誰不看我？即使明白表象下有多少瞧不見的真實，縱然俗豔讓人不耐，還是情不自禁把目光轉了過去。

許是潛意識裡的巴黎幽魂作祟，隔天我晃到法租界去了。茂名南路上的旗袍店冷清了些，隔著法國梧桐篩落的陽光卻無比燦爛，流離的碎金迷進新葉的嫩綠，閃爍之間，精采照人。這般似點點初雪冒上枝頭的清新綠意，亦短暫如春花，霎時間濃密起來，也就會深沉下去了——在四季不分明的亞熱帶長大，於溫帶地區體驗季節之交來自大地的色彩暗示，印象總格外鮮明。旅法的歲月裡，捱過灰濛濛的冬天，望進斑駁梧桐樹梢，追著枝椏與新綠之間穿梭的金光，感受的那個喜悅，是我對四月巴黎最美好的回憶。上海的梧桐林蔭小徑，那樣坦率地呼吸著殖民的空氣，也毫無疑問地再帶我回到巴黎。

關於巴黎的最後一個偶然，止於物慾的沉淪。我拋下睜著灰白死魚眼的公廁，繞進巴黎春天百貨的化妝間，想要優雅地洗個手（進門的時候，腦海浮現巴黎 **Haussmann** 大道上的春天總店——古典與新藝術風格交織的門廊圓塔、灰簷魚眼窗下馬賽克拼貼的 **Printemps** 招牌、晴日篩落百貨殿堂拱頂的幻彩琉璃光……結果發現上海春天意外地接地氣、本土化，尋優雅是不成的，卻老派侷促到讓人有親切感。「春天是我媽那一輩人逛的地方啊。」小上海朋友這麼說），卻無意為女鞋部門「歡喜迎世博」特賣促銷活動所吸引。

不知那個設計師說過，鞋子能為女人致上的最高敬意，就是表現她們纖美的腳背線條。踩著近五吋的香檳色細跟，窺進鏡中自己那雙熟悉又陌生，從寶藍底面弓起的足背，說沒有半點虛榮是騙人的。所以高跟鞋實在是個偉大的發明：女性解放把纏足給放了、胸罩也可以燒了，但女人明知這鞋將戕害自己的腰椎、限制自己的行動、讓腳板扭曲、腳趾變形，居然還是捨不得戒不掉；旁邊又一個踩著高蹺的女性同胞，腳跟顫巍巍的，走起路不搖曳生姿都不行。鞋顯然也深知所受膜拜物戀程度，專櫃小姐忙進忙出托著的鞋盒，傲慢地塑成黑皮書型，儼然以聖經自居了。

朝聖完畢，也捧了本屬於自己的聖經走出鞋肆，對著斜陽，熙熙攘攘的大道，在微光與迷霧中透出幾許蒼茫。我知道這條路一頭下去到黃浦江，離了另一頭再拐幾個岔路，可以到我家；同樣在街頭引頸等車的人們，是來自何方，打算往那兒去？在那個片刻，四周林立張揚的高樓宛若幻象，這些平淡得可以隨意融入暮色的面孔，才是真實。

無數陸路水路交匯的城市，在大量湧入的人口離去後，亦將沉默。生命之前所展開那些永無止盡延伸交叉的道路，不一定轉折後豁然開朗，然處處是風景。愛不管使生命豐盈或荒蕪，總生生滅滅不息。

站在這個路口，我打算寫信，謝謝W的《德州巴黎》，以及生命裡再一次的偶然。

貫穿法租界、昔日霞飛今仍璀璨的淮海路，街角是鄔達克設計的愛司公寓（Estrella Apartments）。

世博采風——上篇

水晶宮與艾菲爾

一八五一年春，維多利亞女王為首次舉辦的各洲工業大博覽會（Great Exhibition of the Works of Industry of all Continents）揭開序幕。樹立於倫敦海德公園的「水晶宮」（Crystal Palace），得力於科學和營造技術的迅速發展，以鑄鐵與大片玻璃打造絢麗的新式建築，為帝都子民帶來各國最新工業產品與殖民地奇珍異寶，吸引六百萬人觀展，相當於當時大英帝國三分之一人口——其中包括掀起宗教與科學論戰的達爾文，《愛麗絲夢遊仙境》（*Alice in Wonderland*）的卡洛爾（Lewis Carroll），歌德式浪漫小說奇葩的勃朗特（Brontë）姊妹。密切關心工業化影響的馬克思，則以為博覽會是資本主義商品物化的極致表現。

常年來隔著英倫海峽較勁，在海外殖民地拓張也不甘示弱的法國人，怎麼忍得下這口氣？更何況法國辦工商博覽的歷史還早於英國，只不過大型國際展的頭香，卻這麼眼睜睜為英國人搶去了。接下來的萬國博覽會（Exposition Universelle），主要為倫敦跟巴黎之間的角力，歐洲其他國家與新世界興起的霸權，也先後加入戰場。一八八九年巴黎萬博會推出的艾菲爾鐵塔，宣告鋼鐵冶煉技術的成熟與未來建築風貌，果然一鳴驚人；走入二十一世紀，當年的前衛轉為優雅風華，今日有誰能想像沒有艾菲爾鐵塔的巴黎？

十九世紀開始發展的萬國博覽會，鬧熱滾滾、五光十色的新奇與璀璨背後，是對實證科學（positivist science）的信念與工業進步的自得和沉醉：盧米埃兄弟（Frères Lumière）的電影在一九〇〇年巴黎萬博初次以大銀幕播放；新藝術（Art Nouveau）設計的拱門，引導第一次搭乘地鐵的群眾湧入會場。一九二五年巴黎博覽會更成功結合工業與藝術，為裝飾藝術（Art Deco）的風行鋪路，「工藝」與科學打造的「未來」烏托邦美景與商機，確實不可限量。快速崛起的美國，先後於費城、紐奧良、西雅圖、舊金山等地主辦萬博，一九三三年芝加哥博覽會引介的巨大企業展館與富含的「美國精神」，的確引起騷動，紐約取代巴黎成為主持「文明盛會」之都的企圖，昭然若示。舊世界當然有所回應，數載沒有舉行博覽會的法國，於一九三一年籌辦規模宏偉、以「殖民」為專題的博覽會，巴黎也見證了一九三七年法國最後一次的萬博會。

（上）McNeven, J.，彩色版畫，大博覽會正門望向側廊，1851。

（下）McNeven, J.，彩色版畫， 外國展覽部門，1851。

作者不詳，彩色版畫，海德公園的水晶宮，1851。

殖民博覽會

從一八五一年的「水晶宮」開始，就有紐澳與印度等殖民地參展。畢竟，帝國主義的擴張，本來就號稱以文明的火炬照亮落後地區，為殖民涉及的暴力與掠奪提供光明正大的理由；國際博覽會「工業進步」與「現代性」的光環，同樣蓋過了偏狹的國族主義和殖民利益，與帝國主義的論述相輔相成。一九三一年巴黎的殖民博覽會，雖然有其他國家參展，與法屬殖民地於帝京展示的異國風情比起來，還是大形失色；原尺寸複製的吳哥窟神廟，數百名蘇丹土著表演工藝品製作與日常生活起居的民俗村，尤為展場注目的焦點。不難看出法國政府意欲展示與法屬地之間文化交流頻繁，和諧共榮的殖民訊息。博覽會老大哥的法國，所彰顯文明而優雅的舊世界，與新世界暴發戶的差異，最終還是回歸殖民地采風獵奇，自戀的宗主國優越感，不無諷刺。

大型跨國展覽以大博覽會、萬國博覽會、世界展（World's Fair）、世界博覽會（World Exhibition）之名於世界各地開辦，直至國際展覽局（Bureau International des Expositions）為免展覽龐雜而統一規制，將之定為每五年舉辦一次的註冊性世界博覽會，是為今日世博主要依據。儘管官方色彩濃厚，無可避免的政治宣傳與經濟利

（上）Nash, Joseph，彩色版畫，印度廣場，1854。
（左下）巴黎殖民博覽會明信片，1931。
（右下）De la Mézière, Joseph，巴黎殖民博覽會海報，1931。

益總牽涉其中，然而光以國家論述與殖民思維去解讀世博，還是難免偏頗。或許對很多人而言，就像劉姥姥進了大觀園或愛麗絲的仙境漫遊，「一天內走遍全世界」的體驗，而藝術家的眼看到的又是不同的風景。一八五五年的巴黎萬博會，引出詩人波特萊爾「美總是奇異的」（Le beau est toujours bizarre）名言；而畢卡索則於展覽中初探非洲藝術，得到創作靈感。

上海歡迎你

二〇一〇年，上海。主辦國再三強調，這是頭一次於開發中國家舉辦，也是有史以來規模最大的世博：參展超過兩百四十個國家與組織，園區面積逾五百萬平方米，預計將吸引七千萬訪客。開幕前夕，螢幕上的俊男美女笑臉迎人：「我們準備好了！」

浦東機場原本就很亮麗，然而還是添了新的裝置藝術、更美輪美奐的造景，海上名都的門面，馬虎不得的。你知道高架橋下會打霓虹燈，但之前是否這般燦爛奪目，流瀉如虹，已經記不得了。虹橋機場多了個氣派的航站樓，擴建過程中拆掉七、八千家工廠民戶；曾經擠得密密麻麻的民工平房拆了，地皮炒起來了，至於他們以後住那裡？怎麼進城務工？恐怕是多餘的問題。浦東還不是有萬餘戶居民為了世博園區而動遷？「以前這樣大小的房只要三百塊一個月，現在起碼七八百起跳。」推拿師傅按住你腳底穴點，疼得你倒吸了口氣，「我們工資不過調高兩三塊錢呀……」

今年氣候反常，四月還有殘冬之象，五月馬上熱將起來，痛快地跳過春天；資訊站義工們整齊一致的制服下，個個揮汗如雨，即使能幫忙的地方不大，仍殷勤親切地招呼你。上回你來時，蘇州河畔、古玩市場一帶、徐家匯附近拆得如火如荼；在世博前一切都得整理好，拆完來不及拖走的，趕緊蓋個圍牆先遮一下。裝有行動電視、漆上藍色海寶的世博出租車滿街跑，道路撤了水泥鋪好柏油，街燈欄杆掛上花籃旗幟，多條新地鐵趕著上路，沒得開通至少先試營，對吧？重點道路必然妝點得花團錦簇，閃亮著 LED 交通告示牌，仔細一瞧，不只牆面粉刷過了，連下層磚角也重貼；背對著馬路的那一面，就不必了，裡子沒面子那麼重要。

你踏上久違的外灘，發現觀景台雖然拓寬許多，新植的花草還是被踩壞了，真為它們心疼。

世博在中國——下篇

一天走遍全世界

勁歌熱舞，豪氣煙火，黃浦船隊，終於開幕。準備好了，就等人潮吧。

人潮並不像奔騰入海的黃浦浪濤般湧入世博會場，或者人潮確實來了，卻很快為碩大的園區所吞沒，初期預計的每日三十萬參觀人次並沒有達到。很多場館前釘好了迷宮似的排隊柵欄，大多時候空擺，讓不得長驅直入的少數參觀者，只得沒奈何地循著迴旋路線入場，浪費參觀世博所需的寶貴體力。幸好主辦單位英明，把冷門的場館都集中在浦西，讓精明的參觀者可以不用把時間精力耗在那兒。

依慣例，國家品牌行銷向是世博參展重點，是否能切合每屆專題倒在其次，於是你饒有興味，看著各國展館或在國家形象如何切入城市主題之間拿捏，或不管合乎國家特色與否反正就端出眩人的秀，或打出標新立異的廣告而模糊主題，或舊酒拿出新瓶裝，或捉襟見肘，有多少預算就做多少。澳洲館赭紅鋼面的外觀，恰如荒野中的艾亞斯岩（Ayers Rock）浮出地表；捷克館萬花筒映照的風光、工藝、建築與圖騰，虧了波西米亞水晶，折射出多角度的絢麗；葡萄牙館的軟木外殼，讓你想起它不愧為世界最大瓶塞生產國——你以為館內可以嚐到最道地的葡式料理與蛋撻，卻發現它們全來自澳門，連那葡籍經理的傲慢也很有殖民地風味。

你喜歡義大利館的低調與優雅，就像義式時尚與美食，不以絢爛的外表惑人，而長於豐富扎實的底韻，自信地表現質感。穿過古羅馬城門，為各種經典工業設計作品包圍的鞋匠，在你眼前一針一線縫製 **Ferragamo** 手工鞋；妝點了義大利電影與伸展台的名車、美鞋、華服，幾世紀以來陶冶了無數心靈的古典音樂，繞著翡冷翠聖母百花教堂拱頂而舞。橄欖樹蔭與搖曳的麥穗之下，排開的各色葡萄酒、橄欖油、上百種圓的扁的直的卷的細的粗的麵條，還未張口親嘗，已經覺得到了天堂。

幾乎所有館都有播放影片的暗室，這畢竟是短時間內讓遊客瞭解國情的最簡易方式，但是看多了，也疲乏了。當然會有例外。西班牙館那迂迴狹窄的通道，讓你在錄像的牛群狂嘯而來時，以為自己到了奔牛時節眾人竄逃的 **Pamplona** 石板道；黑暗中亮起一束紅光，佛朗明哥舞者在吉他聲與牛骨間起舞，把你帶進熱烈又詭魅的夢境。外型搶眼的藤館，再次宣告西班牙崛起為設計大國的地位。

聲光表演有其極限，於是你開始著眼於其他感官的刺激。印度館的雷射影片很快就結束了，然而咖哩與烤餅的香味久久纏繞不去。摩洛哥館像是烈日下浮現的綠洲，迎接你進入摩爾風的伊斯蘭宮殿，噴泉藻井，迴廊飾壁；隱隱飄來的橙花香，冰清玉澈，像是透出神祕面紗那雙清亮的美目。

摩洛哥畢竟得天獨厚，扼住北非通往歐洲的富庶之地，黑色非洲的戰火和貧窮，與它恍如隔世。容納了四十三國展示空間的非洲聯合館，儘管雄據一方，卻鮮有人會為它排隊參觀，如果不是為了收集紀念章，恐怕上門的更少。館內諸邦多以最簡省方式來做觀光招商宣傳——圖片、藝品、樂器、錄影帶——如果沒有在非洲投入也取得相當資源的地主國贊助，或許要出這趟遠門、要維持這個館都不容易。

世界寫真

你看到熱門場館入口的長龍，意識到之前的悠閒結束了，原來人潮跟熱錢一般，都集中在少數區塊；畢竟世博起源，與資本主義與工業的興起密切相關，那麼它反映了資本主義之實，不也理所當然嗎？場館大小，與國家面積人口不一定成比例，倒鑾真實地反映資本與（欲表現的）國力。好面子的韓國人肯定要建一座大館，特別跟日本人別別苗頭；有錢的盧森堡也蓋了精緻有型的館，突顯小國作為歐

（上）捷克館的萬花筒與波希米亞水晶。
（左下）自然採光的西班牙藤館的機器娃娃。
（右下）墨西哥館的民俗裝置藝術。

洲花園與金融中心的角色。非洲於上個世紀吞下曾為列強瓜分的眾多苦果，在二十一世紀的今日，還未從傷痕中走出來；盤據非洲聯合館宏偉外牆的大樹彩繪，代表了扎根於這片壯闊大地堅韌強大的生命，也孕育著成長茁壯的希望與活力，但守候於每個門可羅雀的櫃台前，那些原應精采迫人的眼睛，儘管有黝黑皮膚的映襯，還是掩不了黯淡與疲憊之態。

人潮在沙烏地阿拉伯館前沸騰，在這裡你深刻體驗到沒有老人殘疾者幼兒相伴、隨著輪椅或嬰兒車而行，不排上好幾個小時肯定無法登堂入室；但大家還是耐心等候，為了親眼一睹砸了十三億人民幣建造的豪華月船館——正說著前面吵起來了，有人試著推倒柵欄衝進去，好手好腳的青年人跟輪椅上的長者動手動腳，怒罵之中，惡狠狠一口痰就落在腳邊，還好你今天沒穿涼鞋。館內一千六百平方米的全方位影院果然壯觀，徐行的電動走道滑過上下流動開展的影片，給了參觀者雲霄飛車疾馳於星空、草原、海底的快感——於是之前沿著狹窄的坡道上行，錯愕地看著一票年輕美眉從後方快跑奔前，閃電插進電動走道入口的不快，隨之散去。

暮色中再湧進一波人潮，想是買了星光票看晚場的遊客，但是他們不知道不少場館會提早關門，只有星月真正能相伴至深夜。你終於看到中國國家館壯麗的東方之冠，以火鳳凰之姿凌駕於來朝百鳥之上；國家之富來自各省、自治區與直轄市，環繞血冠四圍低矮而蒼白的省區市聯合館，也宣告著國家機制永遠至高無上。

隔著高架步道相望的，是隔著海峽對峙半世紀的台灣。這些年來台灣人得到也失去不少，好山好水猶在，卻於濫墾與過度開發邊緣岌岌可危；不變的，是島民親切待人，永遠讓外來客感到溫暖的心意。台灣館裡的天燈點亮了，一個個心願騰空而去，而它是否也暗自為自己祈福，天佑台灣？

世博在中國

二〇一〇年的上海世博，也會像百年前的萬博，啟發敏感的詩心，催生動人的作品，給藝術家營造更廣大的舞台，為好奇的遊客提供最新的烏托邦夢想。在災難頻傳、世局愈發不安定的此時，指向未來的美好想像，更形可貴。

但世界於這百年之間並沒有沉睡。更便捷的旅遊方式，更頻繁、更專業、更深入的工商展國際會議，更普遍而密切的文化交流，加上網路快速發展與資訊傳播方式的改變，使得今日世博的時代意義，大不如往昔。十九世紀的博覽會，對於大多數沒機會遊歷遠方的民眾，可能是珍貴而唯一的世界之窗；今日的世博，在這資訊爆炸的時代，不過是眾多觀光展覽、實地考察、網際交流等選項中的一個。當然，作為世界之窗的世博，奢華程度可能還是其他選擇所不及的，問題也在此：在這談節能減炭、永續發展的時代，即使標榜可回收可再利用建材，上百座展館只於六個月期間綻放燦爛，之後必須解體拆除，總無法脫去大量消費大肆浪費之名。

跑了一百五十年的世博，歷經劇烈的歷史變遷，但背後操盤的跨國資本與國族主義，未必隨時代演化得更「文明進步」，怎麼能期待依存它而生的世博會能擺脫它的包袱？世博所展示的尖端科技與未來城市的確迷人，而展場中人類文明「進步」到貧富懸殊愈演愈烈的景觀，也相當驚人。

一九三一年巴黎殖民博覽會，讓同屬殖民帝國的英國也目眩神迷，同時間法國共產黨在場外舉辦了小型展覽，抗議殖民地的強制勞動與剝削；二〇一〇年中國辦的世博，場外即使有雜音，都很容易和諧。世博那 Better City, Better Life（直譯：更美好的城市，更美好的生活）的主題，從英文到中文，被轉為「城市，讓生活更美好」，代表的不只更流暢的譯文，而是已然把主導權交給城市：一直默默奉獻美好生活予人類的鄉野，黯然退到幕後，這可不是急切發展城市經濟的開發中國家心態嗎？無怪中國不斷提示這是世博首次於發展中國家舉行。

二〇一五年世博開幕日我恰好在米蘭，沒到佔地廣大的市郊展場前跟著大排長龍，卻驚險地避開反全球化反世博抗爭與警察對峙的硝煙。史卡拉歌劇院門口拉起封鎖線，斷了我們去搶映前優惠票的念想，而在不遠處，示威者砸爛的窗玻璃碎了滿地，焚燒車胎的濃煙在憤怒的標語前流竄，他們質疑一個以「潤養大地、澤給蒼生」（Feed the Planet, Energy for Life）為主題的大型展覽，為何找了麥當勞與可口可樂做贊助商？連教宗也來幫腔：「就某些方面而言，世博本身即為富饒之悖論的一部分，它遵循浪費的文化，對於平等與可持續發展的模式毫無貢獻。」

二〇二〇年的杜拜世博延至二〇二一年十月舉辦，在瘟疫蔓延之時，隔絕的個體如何「溝通思想」（Connecting Minds），的確是重要課題。主題第二部分的「創造未來」（Creating the Future），卻顯得飄渺了：開展前數月，塔利班攻入首都喀布爾奪權，前政府不再，杜拜的阿富汗館大門深鎖，前途未卜。（後由旅居維也納的阿富汗古董商運入大量私人收藏的地毯、珠寶、刀劍、傳統服飾，該館終於開幕一週後順利開展。）閉幕之前，俄羅斯入侵烏克蘭，全球震驚。

亂世之幕已掀開，我們將走向什麼樣的未來呢？

世博後的中國館，2013 年秋。

輯三

生活食尚

衣在上海

看了王家衛的《花樣年華》（*In the Mood for Love*），多少會勾起對於旗袍的遐思。在張曼玉身上那形形色色服服貼貼如第二層肌膚的旗袍，表現的不只是時代的韻味，也是人物流轉的心境（mood），或說戀愛鋪陳於人那種種或是繽紛或是樸素的色調紋理——有時矜持、有時嫵媚、有時哀愁，這會兒暗暗地挑逗，目光移轉過來了，卻又若無其事地端莊；片刻前還冷若冰霜，驀地溫婉嬌柔，教人不動心也難。在香港那幽隘私密卻沒什麼隱私的空間，如花朵般燦然開放又黯然凋落的上海女子與牽扯的情思，揉碎桃花紅滿地，隨著膠卷與懷舊的音樂，無聲無息隱進歲月裡。

於是，從來沒有想過要穿旗袍的我也動了心，頭一次訪滬，便迫不及待要試試上海裁縫的身手。而我也像一般觀光客，為南京路上大布莊的排場吸引，眼望牆上那張希拉蕊滿面含笑、挽著還未捲進緋聞案的總統老公訪問紀念照（您瞧，她身上那套水藍絲衫褲裝就咱們這兒做的！），跟師傅談定了鑲邊盤扣樣式，接著剪布量身。

那件長及腳踝的酒紅閃光緞旗袍只穿了一次，給好奇孜孜的外國朋友們開了眼界。

再遊上海，不需要第二件國宴級的禮服，可眼睛還是饞。漫步淮海路上，拐進那幾條交纏著法國梧桐的旗袍街，一家小店看過一家小店，沒有名人加持，同樣是勾住觀光客的行頭——以為自己眼界更高，對手工更挑，殺價更狠，卻一樣著了上海商人的道。一頭同店家賞玩黑紗襯亮片羽毛、或是白緞藍紋青花瓷的樣式，她告訴你這黃綢上初放的臘梅是書畫院老師親手繪的，那件改良式的彩鳳腰帶是即將百齡的老婆婆精工刺繡——老人家要是走了，就再沒人繡得出來——看得入神，夥計悄悄把門帶上了也不曉得，人家本來就不打算讓你空手走出店門。「旗袍講究合身，胖了瘦了有變化了，儘管拿回來，絕對服務到家，跟我們訂做的一定幫你改。」

當真千里迢迢帶著旗袍回上海改，路頭走到路尾，再找不到那家店。上海天天在變，怎麼能保證這條路上的生意一成不變？不消到地老天荒，就兩年的時間，訂做旗袍時許下的終生（修改）誓言已經無法兌現。裹著旗袍的嵌銀藕花蕾絲仍晶瑩剔透，底襯的萬字綢雪白依舊，試身時神乎其技地在我身上別住上百個針頭，大談立體裁縫的師傅不知哪兒去了，不覺有些悵惘。

還做衣服嘿？我想是不了。當真？更好玩的地方還沒去吶，而且，上海可做的不只旗袍。

於是我在高人指點下，來到眺望著南浦橋的南外灘輕紡面料市場，這裡大多是當初從董家渡遷來的，也有幾年了。我喜歡像董家渡、曹家渡、陸家嘴、徐家匯這樣帶著古風的地名，縱使滄海桑田，這城市因陸路水路交匯而發展起來的一頁歷史，因它們而留下見證。董家渡作為面料市場已有百年歷史，一間間窄小平房里弄，當年可是上海人選料裁縫的寶地；從店頭成捆成匹的各式面料裡挑好講好價，跟師傅討論好式樣付了訂，多半隔兩天就能取貨，上衣褲裙西服唐衫乃至睡衣襯裙，都可以訂做；圍巾披肩更是當場做，當場交件。儘管是量身定製，價錢卻絲毫不比成衣差，那些拿著名牌款式來訂做山寨版的，往往只用十分之一、二十分之一的價錢，就能把伸展台時尚雜誌上的華服穿回家；多虧了店子裡間或兩三步外小裁縫間內，那些勤奮的師傅跟日夜轉個不停的縫衣機。

但是董家渡也走入歷史了。商家遷入南外灘、西藏北路一帶，住戶可能搬得更遠；為了二〇一〇年的世博會，計畫拆掉董家渡作為浦西園區的停車場。之後參觀世博，有機會一窺原董家渡改裝的車場，還未有遊覽車轎車進駐，伴著本就比較冷清的浦西園區，顯得更加寂寥空曠。

幾百米外的南外灘市場是座三層容納兩百多家店面的商業大樓，昔日董家渡的棉、亞麻、真絲、喬其紗、印花布、毛料、皮革、皮草、蕾絲、小配飾等面料鋪，占住不同地盤，各顯神通招攬遊客。不需要帶著雜誌上剪下來的樣式去找師傅商量，現在店家的功課做得比你還精，每個鋪子門口掛的樣衣都各有所長，看你餘光一掃，精伶的店員不知哪兒冒出來，馬上在你耳邊：「這好看，Gucci 風衣款，Burberry 內裡，試試嗎？幫您訂做，很划算的。」

多處貼著徵求英語售貨員的佈告，足見這裡「國際化」的程度——商場裡逛的外國佬不比上海人少。到這兒來淘寶的洋人也真不能小覷，只見商家給開了個賣凱子的價碼，竟然翻臉了：「我在中國住了三年，我知道你們的價錢。」從金髮碧眼的嘴裡吐出了口音還不差的普通話。

說實話，在希拉蕊和國畫老師壓陣的店裡當死觀光客，任傳說中的上海奸商剝削，還是有樂趣的。再怎麼打算，你一定多付了錢，多花好幾倍冤枉錢跟訂做時間，就少傷一些神去挑縫線車工，還可以要求售後服務（如果不倒店而且你不只來一次上海的話）。在南外灘市場裡，為了享受當地人的價錢，只得收拾起觀光客的憨相，認真看貨比較手工，精明討價還價——連老外都這般狠樣，你怎能落於人後呢？（不過南外灘老外不絕於門之後，本地人反而少了，所謂本地人的價錢愈來愈不可求。）不是熟門熟路辛苦些，一不留心發現線頭沒收好、裡扣忘了縫，或是跟師傅再三溝通還是幫你做錯，該將錯就錯還是鍥而不捨再磨合？不管如何，在這裡做四五套衣服，外面可能只買得了一兩套；做多了，總找得到合意的鋪子；不夠合意，在市場裡磨眼力體力的冒險，也夠回本了。

約好取衣的日子，全家老少都孩子般興奮地驅車直奔南外灘市場。大包小包走出三層樓的迷宮，比對評議各自的斬獲，發現那看似簡陋的白塑料提袋，竟也中英對照，煞有玄機。印著東方明珠塔與中國上海字樣的背後，透出「歡迎來上海，謝謝光臨」的基本英語，中間夾雜著怎麼也參不透的小字：Evaded affection, pieces of pieces of the heart。不知所云的「閃避的情感」（或許想表達的是東方式的含蓄情感？）還有些模糊的美感，直譯的「片片心意」實在太生猛了，像是一片（piece）又一片凌遲割下來的寸心（heart），真讓人無法消受。

這光怪陸離的趣味，是快速在發展膨脹的都會，急切的「國際化」、「現代化」腳步下產生的不協調嗎？別說現成的，連量身打造的衣服，都無法跟上身體或是細微或是劇烈的變化。曾經人聲沸騰的董家渡沉默了，暫時成為駐車所，世博過了，肯定有建商開發公司想好它的未來，逐步去推進。書寫拍攝下來的記憶，在市民們喜新厭舊與懷古慕新的矛盾情感之間，一針一線地交錯，來來回回地循環。老上海的痕跡片片（pieces of pieces of old Shanghai）消逝，拆卸下來的磚瓦像舊衣服，能回收挺好，大多時候只能如奔騰入海的黃浦江，不捨晝夜而去，一去不再復返。

（上）一目瞭然的南外灘面料市場。
（下）茂名南路旗袍店的櫥窗。

食在上海

菜上了，那油爆蝦、草頭圈子、八寶辣醬都裹在濃郁綿密的醬汁裡，比我們在港台上海菜餐廳嚐得到的，要暗沉好幾分，不愧是本幫菜老字號，果真謹守濃油赤醬的傳統。很有特色的味道，冰糖與醬油用得多，以鹹味襯甜味，油下得重，汁濃味香卻不顯膩，食材的鮮脆也帶出來了。剛才猶豫著，沒點價錢與滋味都應是招牌的蝦籽大烏參，開始後悔。

朋友把醬汁淋上白飯，慢慢地划入口裡。半晌，才開口，「小時候，我媽燒的菜也是這種味道。」

他在香港出生。父母親在解放軍進入上海前，倉皇南下，丟下大片產業與南京路上的洋房。他不會說上海話，但聽起來不挺費力，舌頭上還留下孩提時候母親弄蔥煨鯽魚、烤麩的記憶——從北方帶來色顯醬濃的家鄉菜，隨著歲月流逝，逐漸讓位給雲淡風清的粵菜，家裡也開始說廣東話。

我想起王家衛電影裡那些吳儂軟語的人物。外面那個快速旋轉到失了焦的世界，在粵語的節奏裡喧囂著，他們桌上總合著四季時令更換上海私房菜，收音機裡流瀉出周璇的金嗓音。改革開放以後，朋友家長輩又惦記起上海的洋房跟地產，興奮地研究著是否多少可以討些回來，朋友雙親大江南北跑了一趟，遊山玩水、拜訪故舊，回來後再不提補償之事。

像這般整本菜譜都是正宗本幫菜的餐廳，也逐漸絕跡中，偌大的樓面，除了我們就隔壁兩桌，在旁邊閒著的服務員比客人還多。百年老字號，能守住百年好口味的也不多，事實上，百年來上海的味道也不斷在變。所謂本幫菜，指的是別於「外幫」來的上海本地菜，早期近於販夫走卒的大眾口味，內臟類（禿肺、糟鉢頭、圈子）用得多，重油重口味的豪放烹調，適合於勞動者的需求。之後有愈加精細化的取向，想來洋行賬房買辦商賈油水多了、嘴刁了，口味以外還講刀工造型，遂有魚蝦蟹貝等河鮮的新派料理——畢竟蝦籽、刺參這樣的食材不是灘頭工人尋常吃得到的。

作為一個水陸交匯發展出來的城市，上海向以海納百川之量自豪，各省移民帶入滬上的各幫菜色——蘇、錫、川、粵、寧、揚等十六幫地方風味——漸次融入上海菜裡，本幫外幫的界限逐漸模糊了；比較時髦的說法，新式上海菜就是 fusion。海派作風，融合本幫的特色料理與其他菜系精粹，反映上海地利之便發展出的飲食文化；華洋雜處的殖民性格，使得西餐的菜色與烹調，也無可避免地成為上海菜的靈感來源。輕食、養生、新式料理盛行的今日，什麼菜都愈作愈清淡，上海菜裡的粵菜影響益加凸顯。現在上海人也能吃辣，或許多少與旅滬的川黔人口日增有關係，不過對麻辣的承受力還是低的，海派料理照舊偏甜，偶有輕辣提味，驚鴻一瞥，見好就收，不多狎昵。

初次訪滬，免不得想嚐嚐道地在地的上海菜，幾番成功與不成功的嘗試後，赫然醒悟這原汁原味的渴求，終究是個迷思。有多少一脈相傳的絕活，遺落在上世紀的戰亂與動蕩社會的縫隙中，讓歷史的巨輪無情地碾碎，隨風而散；又有多少珍貴的食譜幸運地飄流到海外，因奇妙的機緣保存下來，等待慧心的掌廚者讓它們再次復生；也有才華洋溢的主廚，靠著自身不斷地努力，銜接高低起落的斷層，復而再創新境界。每個地域不同時代的況味，大抵都是這樣從多少殘缺之中，苦心孤詣拼貼再生，再銘刻入記憶之中。

上海人也許不服氣，但說到嘴最刁最懂吃，大約還是香港人；影視作品裡食神等級的人物，端出奇技淫巧烹煮奢豪食材，慣以廣式大菜的殿堂為歸依。向來沒緣納入中國名菜大系的上海菜，或像江南水鄉饒有風姿的渡船女、遇上嚴厲婆婆的蓬門俏媳婦，沒有粵菜選美皇后的氣勢與嬌貴，卻很能放得下身段，給其他料理共存共榮的發展空間——儘管香港人吃得講究吃得精闢，但談到飲食的多元與豐富，融匯大江南北佳餚與異國料理的自在從容，在一九四九年之後湧入大量移民的台灣與腳步一向走得很快的上海，還是略勝一籌吧。

粗淺的一個印象，在台灣吃的上海菜，多少受到本地選材與口味取向的影響，縱使不夠道地，細緻度與調味都頗令人傾服；香港的上海菜，再怎麼都覺得沒粵菜做得好；上海的上海菜，似乎還繼續演化中。精緻細膩的程度，確實逐年不斷增進，然而價錢進化的速度遠高於料理精進的曲線。早幾年在上海外食的愉快經驗，就是付出同樣的代價，在上海往往能吃到更精緻的手工菜，原因無他，因為人工便宜，廚房大可擺出大陣仗，細如髮絲的分工，成就精巧細緻的烹調。後來上海的飲食消費一點都不比台北低，甚而大有超前之勢；廚房裡揮汗如雨的師傅們，工資是否也大幅提升了，不得而知，食在上海的代價愈來愈高，卻是不爭的事實。

或許部分的成本，是付給了這個處處充滿故事的城市。虹口、法租界不少名人故居改成餐廳，用餐時一同品嘗的，還有老房子裡尚未散逸的傳奇色彩與氣息——當服務員告訴你，這裡是當年李鴻章金屋藏嬌的別墅，那公館之前的主人是國民黨特務戴笠，或者杜月笙寵愛的姨太太住過這花園洋房，餐點的滋味多少豐富些吧？即使菜做得不怎麼樣，消費了餐廳裡流動的歷史掌故，也不算虧了。有時店家比你更入戲，還沒進門就有長衫摺扇的老人家探出頭來，幫你引路；入座片刻，一夥挑夫扛著新嫁娘箱籠而過，以為有人在這裡辦舊式婚禮，結果是烤乳豬上菜的儀式；看看高朋滿座，評彈唱戲的上場了，三弦琵琶又拉又撥的，樂得隔壁包廂的老外拿著攝錄器材猛拍。

從這城市縱橫交錯的歷史脈絡裡擷取吉光片羽，在喜嘗鮮的賓客面前上演一齣熱鬧大戲，味道重了輕了，酸甜苦辣，自在心中。看好此地扶搖直上的消費水平，頂尖的國際名廚、美食世家也進駐上海灘重要據點，除了饗宴饕客的高貴食材與精進料理以外，揮之不去的，總是重商城市濃重的金錢之味。

（上）琳琅滿目的各式江南小食。
（下）廟口小吃街的大餅嬸與炒麵叔。

淮海中路上曾有個襄陽市場，與鄰近各精品百貨分庭抗禮，毫不客氣地分沾法國梧桐的餘蔭。沿路盡是銷金窟，這裡匯集四面八方名品，可能比對街款式更新更齊全，被仿冒的品牌自己貨還沒鋪好，市場裡已看得到山寨版。

襄陽市場最火紅的時代，聚集近千家禮品、服飾、仿冒精品的攤子，烈日當空，攤商與客人揮汗如雨討價還價的畫面，是慣見的風景，也造就了高達上億人民幣的年營業額。各國媒體競相報導，儼然同外灘、城隍廟、新天地等名勝平起平坐，不逛襄陽市場，等於沒來上海，巴望著你淘到寶凱旋歸來的親朋好友們，可要大大失望了。

儘管歐美諸國對中國仿冒侵權的能力大為不滿，逛市場買假精品的老外顯然不以為意，挑貨與殺價照樣精狠，連愛用真名牌的日本人也樂此不疲，各色人種雲集的襄陽市場，儼然為上海極國際化的一角。若相信店家說的水貨真是私帶闖關的真品，也未免菜鳥過了頭——即使仿冒品也貨分三等，精挑細選，能以最少價錢削到

A貨，不管自用餽贈皆宜，收到禮物的親友都說你會買；送人還買到C級品，若還是買貴（不消說，殺價不論砍多砍少，店家最後都會作出忍痛割愛的表情，增加買客的成就感），就真是虧了。說來，在襄陽市場血拼的樂趣，與其說是買假貨充真品來滿足虛榮心，不若是在滿坑滿谷的各式貨色中挑到上等仿品，以你自認划算的價錢成交的快感。市場賣商品，更多賣的是人性。

中國加入世貿組織後愈顯壯大的保護智慧財產、掃除仿冒呼籲聲，對照著各路媒體與觀光客風靡而異樣的眼光，使得已然為另類品牌的襄陽市場，多少讓政府當局臉上無光，加上看準黃金地段的建商開發商大力運作，市場瞬時成為歷史，建地上一層一層蓋起高樓。襄陽市場拆了，仿冒包包、手錶、皮件真的就此消失了嗎？淮海路走一圈，還是有人手持型錄走近身旁，低聲問著要不要看貨，跟著他們九彎八拐，進入隱密乃至荒涼的民宅，翻過一道道夾層，從C貨到A貨琳琅滿目。更多攤商流散又復集中到特定幾個商業大樓，門口張貼的堅決反盜版反仿冒告示，當真是此地無銀三百兩；當然，好貨要藏在夾層裡，店面只能擺些無傷大雅的東西，總得給公安面子吧？

上海街頭也曾經處處是販售盜版碟片的流動攤商，熱門電視劇、最火的歌手專輯、還沒上片的電影，隨手可得應有盡有；來源也十分豐富多元，泰文版的法國片、韓國版的港片、最新好萊塢大片等等，上面打的英文可能通篇錯字，不仔細看，仿得還有模有樣。放進機器裡，很快就知道差別何在——街上買的大多是看一次就可以報銷的版本，有些準是進戲院偷錄的，甚至前排那幾個遮住字幕的惱人黑頭都還在。為了省幾塊錢把珍惜的放映機磁頭磨壞，實在不值，於是便要多備一部超強絕不挑片的機器，分工看正版與盜版，片子還是進店裡買A拷B拷的保險，沒準你會想多看幾次。影碟跟名牌包一樣，仿冒的也分等級。音像店裡賣的品質好一點，包裝盒蓋精美的，與正版惟妙惟肖，要拆開，瞧見裡面塑膠袋隨便裹了、可憐兮兮瑟縮著的碟片，才見真章。

為了迎接世博取締盜版，路邊的碟攤不是收了，就是被趕到遊客看不到的角落，音像店裡也像剛被人洗劫一空，架子上零零星星擺個幾片，真讓人納悶，生意是要跟遊魂做嗎？通常店家都很熱心幫你找碟，這回卻意味深長地回覆：「現在沒有，也不好進，過一陣子吧。」繞到街角，眼前赫然出現閃著五彩霓虹、眩麗奪目的電影海報，架上滿滿都是碟，嚇了一跳，是那家這樣招搖？走進明亮寬敞的陳設空間，晃過一排又一排嚴密「正版」封條的影音商品，在楚浮北野武全集那一側，竟無微不至地準備了星級洗手間；回頭經過櫃台，手提購物籃的洋人夫婦正在結賬，所有店員都來伺候著。好一幅景象，購買版權品的宣導影片也沒法比這更和諧。

聽說熟門熟路的，有碟客上府服務，為你帶上特別藝術一刀未剪的片子。感謝我們片商有眼界、有（賭著賠錢的）勇氣，這類電影在台灣上院線的機會太多，便沒跟上海朋友打聽碟客消息，有興趣的，倒是出租店唱片行早絕跡，電影資料館級的老電影。要淘這種片，路邊攤跟一般音像店是不行的，我知道。

正是落葉時節。踏過一地秋色，問過幾張洋溢著青春氣息的臉孔，終於找到深藏在校園裡的教育超市。徘徊在賣零食、眼鏡、書籍的小鋪子間，開始懷疑這樣「正派經營」、還掛了超市模範獎牌的地方，真有淘碟的所在嗎？朋友說她許久沒來，或許碟店悄悄收了也未可知。不死心再繞了一圈，終於在電腦軟體教學光碟的店裡，找到一個個木箱子盛著，分類為「看懂」與「看不懂」的影碟。

片子不多，沒多久就翻過一遍，選片頗為不俗，選擇有限卻讓我淘到寶了，而且如朋友所言，比起外面真是物美價廉——B拷的品質，C拷的價錢。讓我不懂的是「看懂」與「看不懂」怎麼分法，「看懂」那邊依然有許多與「看不懂」相呼應的沉悶藝術片，「看不懂」也有讓人似懂非懂的電影。一跟老闆請教，他牢騷就來了：「最早是法國新浪潮那些導演的藝術片，怕學生買回去看不懂來抱怨，就放在『看不懂』那區，給他們方便。後來學生亂拿亂放，看懂也變看不懂，就乾脆不分

（上）影音光碟專賣店的霓虹。
（下）街頭流動攤販販售的 C 拷級碟片。

了。」

以前藝術電影要更多的，但是不好賣，老闆如是說。「商業片這幾年愈拍愈差，不進也罷，而且學校裡不好太商業化吧？片子是要挑的，可以選一些歐洲小眾路線的。」老闆說著，把我淘好的碟掃過條碼（當然不是原版的條碼……），「第一次來？有空常來啊。」

朋友介紹的第二家店，似乎與王家衛電影沾親帶故，6跟9對調一下，搖身一變，成了《2049》。店裡還是稀稀落落沒幾張碟的光景，看我賊頭賊腦地張望，老闆打開夾層引我進第一個隔間，「新到的片子都在這邊。」我報出一個導演的名號，他又打開一個夾層，從小房間裡很快翻出幾片。看來不起眼的小店，竟像以前大戶人家三進的宅第，院落可深著呢。

回到「第二進」廂房，望著四圍洶湧的碟海，不知從何淘起，小張老闆二話不說，從碟海裡挑出幾片遞給我，「看看吧，這都不錯的。」我說，你們八成連默片時代的都有，他馬上挑出盧米埃兄弟的短片集錦。這裡的片大多A拷，不少還是收錄導演訪談、幕後花絮、電影學者導覽等豐富資料的多碟典藏版，淘到後來，全然忘記自己在音像店，像是在影癡俱樂部遇到故知：「婁燁新片看了嗎？」

「我還是喜歡《蘇州河》，之後的都平平。」

「塔可夫斯基喜歡嗎？」

「看了《鏡子》跟《犧牲》。」

「我找《鄉愁》給你，特感人。你是做什麼的，看的片子都很特別。」

「我寫影評。」

「是用什麼角度切入？你有博客嗎？」

小張老闆拿出 VIP 筆記本，要我寫下博客網址，說他要上去看我寫的影評。世博那陣子多少有影響，他說，但是放心吧，碟還是要做的，「很多片子都上不了院線，不做大家就看不到了。」

原來盜版碟的工業，在不是開放交流的體制下，竟富含如此社會奉獻的精神，真是「盜亦有道」，儼然為營利的電影資料館了。（被我買走的每張碟片都詳細記錄，必須再補全，小張說。看來「館藏」也管理得不錯。）

小張老闆的社會事業，當時已經流露幾分夕陽工業的氣息。在上海早就不時興上戲院，也不用問出租店，大家都淘碟。在線觀看電影已成氣候，是否有一天，碟也不用淘了，電腦上線看看就好？

現今的電腦都沒有光碟機。後來我家 DVD 機壞了，數次去小張老闆那裡淘來的好幾箱寶，一張都不能看。再後來與親朋好友講好了你訂 Netflix、我訂 Apple

TV、他訂 Disney+、再看有沒有人訂閱 Amazon Prime 或 HBO，大家分享著總有看不完的電影和劇集。

或許小張老闆在他那端，早就悄悄開啟了具有中國特色的串流業務，也未可知。

一步之遙

只差一步之遙　　名駒血統殊顯耀
終點線緩腳步　　縱身迴，若傾訴
莫忘記，好兄弟　　早知你不該下注
只差一步之遙　　女郎輕佻嬌俏
使我一見鍾情　　她含笑海誓山盟
謊言點燃平生熾愛　　熱烈燃燒盡殆

賈爾德（曲）／拉裴洛（詞），〈一步之遙〉

探戈天王卡洛斯・賈爾德（Carlos Gardel）最膾炙人口的作品〈一步之遙〉（Por una cabeza），以賭馬的狂熱偏執，對照愛火一發不可收拾：屏息觀賽的賭徒，只見下注的駿馬一路領先，卻在終點線錯失一個馬頭；一步之遙，失之千里。

墜入情網不可自拔的男子，與周旋自如的情場對手，只差一步之遙，註定全盤皆輸。一九三五年初夏，處於生涯高峰的賈爾德，與合作數載的作詞者亞弗烈德・拉斐洛（Alfredo Le Pera）雙雙墜機而亡，震驚樂壇。他們為共事的電影公司新片宣傳，巡迴之旅即將結束，敗在一步之遙，成就永恆的悲劇英雄之名。

演而優則導的姜文，二十載執導生涯，審視了文革驕陽下躁鬱的青春；超脫文革陰影與時空，串連都市、偏鄉、大漠獨行復而相遇的人們，面貌不一而本質無異的愛欲；中日戰爭之末，由嚴酷落入猥瑣的日軍、兩面做人的翻譯官、憨直的農民，小村裡夾纏著求生存，悲喜之際流露的善念與盤算，超越國族的奴性，依時而泯滅、勃起的人性，予人印象至深。其後姜文籌拍北洋三部曲，視覺語言愈加華麗，飄搖亂世中討生活的荒謬喜感與悲壯，愈發凸顯。北洋第二部亦是首齣3D大片的《一步之遙》，只見下錯賭注的亡命之徒周旋在兩位女子之間；全片擺出奢華炫目的好萊塢銷金窟排場，未推出先轟動，上映後惡評如潮，聚焦點往往不在電影好不好，而是看得懂看不懂。觀眾與導演愛恨交纏的探戈，莫非亦在一步之遙？

冬日午後，道旁梧桐篩落一地陽光燦爛。三〇年代上海獨領風騷的大光明電影院，是名建築師鄔達克（L. E. Hudec）的巔峰之作，亦是當時遠東最豪華的戲院。穿過迴廊進入幽暗的門廳，不再有紅衣金牌扣的小童為我開門，席次間最美麗的風景——身著綠屋夫人時裝店訂製的最時髦款式，巧笑倩兮的白俄帶位女郎——自是芳蹤杳然；電影現在都打字幕，也不需租用耳機，享用當年最火的「譯意風」（Earphone）同步解說服務；老上海時期，一塊大洋的大光明戲票，可以買八尺布作套衣服，或十六斤大米吃大半個月，今日比這更奢侈的消費比比都是。開場前，我繞過靜靜流溢的噴水池，頭頂蜿蜒如巨蛇的燈箱，四壁之內映得金碧輝煌；影廳燈暗了，銀幕上光影流轉，姜文與葛優又唱又跳那個絢麗奪目的金色舞台，莫不是前世今生的大光明？

姜文飾演的馬走日、葛優的項飛田，這對前清貴族的難兄難弟，改了民國之後，紛紛離京到冒險家樂園的上海發展。為了幫雄踞一方的軍閥二代武七洗錢，兩人籌辦「花域總統選舉」，明著是滬上各國名妓競豔，暗裡刻意炒作，讓馬走日相好的完顏英再登花魁寶座。豈料完顏英在城郊兜風意外喪命，同行的馬走日成了兇殺嫌疑犯，身為法租界警探的項飛田，誓言將他緝捕到案。

這故事聽來意外地熟悉——一九二〇年轟動上海的登徒子謀財害命事件，遭嫖賭客閻瑞生殺害的「花國總理」王蓮英，就是完顏英（諧音）的原型。遊樂場（新世界）舉辦名妓選美，勝出者冠上總統、副總統、總理之名，對照剛走入共和不久的中國時局，諷刺意味濃厚。《一步之遙》劇本裡加入「名為選舉，其實內定」的

當年就是在大光明戲院觀賞《一步之遙》。

安排，指涉性更加強烈；此外，暴發戶洗錢、投機者海撈的天堂，不論今昔，還有比上海更好的場景嗎？

既然辦活動是為了轟轟烈烈地洗錢，場面必須空前盛大，姜文意不在忠實重現老上海風華（譬如饒富趣味的「全球實況直播」，完全不符合時代背景），他要玩得更兇，更瘋。近三十分鐘的百老匯歌舞秀，飽滿到教人生膩的美腿豐臀，精采呈現新貴階層燒錢能如何放肆，直教人不耐。炫富不夠徹底，那多沒趣，於是華麗的鴕鳥扇舞一上，馬走日便在一旁幫襯點評，說鴕鳥腋下不過幾根羽毛上得了檯面，「這滿世界的白羽，得多少隻鴕鳥哇！」這一幕無法不讓人想起約莫同時期、同樣紙醉金迷的《大亨小傳》（*The Great Gatsby*），大宅院流水席無限供應的鮮橙汁，第二天會讓廚房後頭堆滿一座座如山的柳橙屍骸。但讚嘆羽扇美人的馬走日，不像費茲傑羅（F. Scott Fitzgerald）的敘事者，天真裡帶著一絲不安，對豪富的不仁隱隱批判；馬走日全然陶醉在這錢花得漂亮，這局設得精巧，沒預計轉眼都成泡沫幻影——他和項飛田勁爆出場，可不是包裹在兩個隱喻性十足的肥皂泡泡裡頭，又吹著喇叭把泡泡撐破？究竟這泡沫般的幻境真實，還是它粉碎之後才有真相？接連不斷猾頭戲謔的台詞，荒誕不羈的劇情發展，似乎就是要阻撓所有追根究柢的努力。在舞台中心儘管斜行的「馬」走日，拱著將相卻走不出租界的「象」飛田，設下什麼招搖撞騙的局子都是枉然，他們終究是棋盤上任人擺佈的兩顆棋子。

姜文屬意改編閻瑞生案，實在是該案引發的周邊效應，比它本身更惹人注目。這樁牽動上海公共租界巡捕房、湘滬護軍使署、軍法課、上海地方檢察廳的案子，兇手還沒捉到，媒體已經炒作得沸沸騰騰，刊登「上海最新奇聞」通告，出版附有王蓮英玉照的生平祕辛；其後審判閻瑞生，依軍法槍決，少不得有更多揭露兩人結識、遊宴、兜風細節，詳述閻瑞生如何勒斃王蓮英，竊走珠翠鑽飾，棄屍麥田深處，於是《蓮英慘史》、《槍斃閻瑞生》、《花國總理王蓮英被難記》等書如雨後春筍竄出，暢銷一時。

被處決的閻瑞生屍骨未寒，上海各文明戲、京戲舞台迫不及待，熱絡競演《蓮英劫》、《閻瑞生》、《蓮英告陰狀》等戲碼，誇耀有「大水景，大夢景⋯會樂里妓院，九音連彈，許多汽車、馬車兜圈子，真馬⋯⋯真船上台，當場泅水」場面，名角鄭正秋、孟小冬、露蘭春都演過該劇。一九二一年七月，中國第一部敘事長片《閻瑞生》在法租界戲院公演，為求逼真，找來從良妓女王彩雲飾演王蓮英，貌似閻瑞生的該片出品人陳壽芝擔任男主角，素為閻舊識的陳，據云將閻模仿得唯妙唯肖，轟動不已。《閻瑞生》一片連演數年，可觀的票房收入，註定它亦是中國電影史上第一部成功的商業片。

在《一步之遙》裡，馬走日跟完顏英抽了大煙，飄飄然出遊，以為要上月球了，醒來完顏英已經身亡，到底車禍肇事還是吸食過量，沒人曉得——但馬走日還是像閻瑞生為各方追緝，他有沒有殺人不重要，嗜血的媒體、群眾盯得他翻不了身。花的錢不是自己的，盡情操縱媒體、炒作新聞，馬走日似不費力就把自己和完顏捧上巔峰；未幾，洪水猛獸的媒體以及等著看好戲的觀眾，聯手槍斃自己的滋味，他終於嚐到了。喃喃唸著莎士比亞名句「這麼著，還是那麼著」（To be or not to be 的絕妙翻譯）的馬走日，明白一步登天和一敗塗地，不過是一步之遙。

連番的機鋒、惡搞，維持住本片表面的喜劇元素，卻愈發讓人看得毛骨悚然。流亡的馬走日，混入販夫走卒之間，瞧著自己的影像不斷在報章新聞上複製流通，宛若鬼魅；他易容扁舟，潛夜溯渠而上，沿岸明豔的霓虹紙牌萬國旗，像是招魂的旌旗符咒，不折不扣的鬼蜮。（充斥的萬國〔戲劇〕博覽會標誌，是諷喻已為明日黃花的上海世博？）紅角王天王的戲台上，《槍斃馬走日》演了兩年依然場場爆滿，每天重演完顏英遇害、馬走日伏法償命，恰恰呈現一個無法無天的世界：公眾在戲台上辦案定罪，終曲那變了調的〈天涯歌女〉，台上台下一起歡唱，編造想像的兇殺始末；可見馬走日伏的法不是法律，而是時勢民心，槍斃他的正是觀眾的呼聲。一個集體化、公眾意見容易受引導操縱的社會，面對不隨其意志起舞的個人，

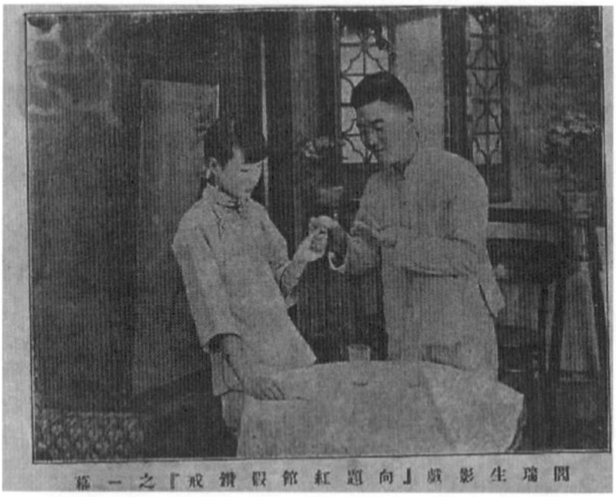

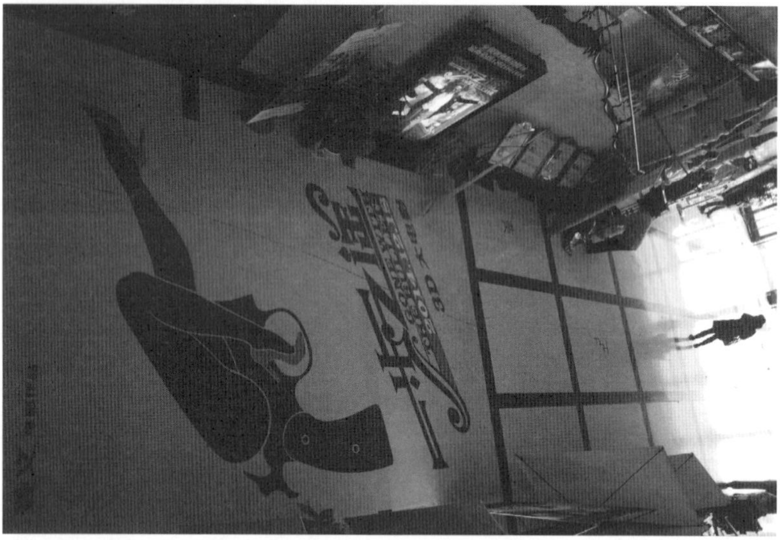

（上）電影《閻瑞生》劇照（任彭年，1921）。
（下）當季主打片，走進戲院的視覺焦點。

能怎麼粗暴凌虐，一目瞭然。在一個虛假荒謬的國度，真相糾結在亂象裡，最真誠的，竟是從良的騙子。馬走日成了悲劇反英雄，藉著他荒誕的遭遇把世情嘲諷完了，片末，他如唐吉軻德，向著不知打哪兒來的風車猛衝，孑然一身，沒有小跟班。

《一步之遙》全片充斥典故，莎士比亞、賽萬提斯（Cervantes）、閻瑞生、《教父》、《二〇〇一：太空漫遊》、《火車進站》、《月球旅行記》等等經典台詞、音樂、畫面的戲仿，看官若不是每個出處都能猜透，倒情有可原；個人命運由於集體迫害而急轉直下的情節，昭然若揭，說難懂，是真不懂還是不好說呢？

《一步之遙》說了另一個關於電影的故事。武七異母姊姊武六懷著「成為中國盧米埃」的電影夢，為花域選美、馬走日落網全程留下紀錄，影像素材經過操弄，剪輯出默片《項飛田槍斃馬走日》，殺青在即，只差完顏英遇害和處決馬走日的鏡頭：於是搭景再拍，已為階下囚的馬走日，按別人的劇本演自己，完顏戲分沒法讓死人演，只好另尋演員。這一齣拍電影的戲中戲，諧仿《閻瑞生》當年標榜「真人真事」的號召，但選角顯然更講究了，如項飛田所言，由「殺人犯」親自主演，前無古人後無來者。被脅迫上場的馬走日，給人譏諷著要他「老老實實做人，認認真真演戲」；他卻把做人和演戲的台詞搞混，那可不是世道蒙昧，做人如作戲，作戲就是人生呢？

姜文說他所有的電影都在找真相，可《一步之遙》又說有沒有真相不重要，結局都已經寫好了。馬走日在人生高峰與低潮，說著一樣的台詞——女士先生們，今天我們創造歷史，今天我們就是歷史的一部分——他的得意與失意反映其中，消費群眾或是為之消費，都在一步之遙。從最早的盧米埃兄弟《火車進站》、中國電影史的《閻瑞生》，以至其他片子的諸多反轉，《一步之遙》講的是電影之初與它的千迴百轉。引人入彀的可能是一筆筆糊塗帳、荒唐言，「謊言點燃平生熾愛，熱烈燃燒盡殆」，不就是常理嗎？求真相畢竟太天真，不妨做大戲隨人去看，反正都會寫進歷史，拍入膠卷。

大光明的金色舞台上，光影遠去，銀幕裡的幽魂已不見蹤跡。下一場的觀眾候在門口，手中握著戲票——賭注下在這場電影是贏是虧，片刻就見分曉。影廳的燈再暗去，馬走日將一次次被槍斃，又一次次轉生，只要光影不滅，就會延續下去。

蘇州河到老場坊

金色美人魚在新銳導演的鏡頭前翻尾，游了過來，閃身而去；取自希區考克《迷魂記》（*Vertigo*）的經典配樂，映襯如夢似幻的青春，愛與死的執念如影隨形，卻又消散無影。那是婁燁一鳴驚人的《蘇州河》，污濁不堪的河水，掩映尚未成為大明星的周迅清麗的姿容，沉鬱深情、頰上滿佈痘痕滄桑而讓人印象深刻的賈宏聲，在更上層樓之前早已墜樓身亡。

婁燁借來了希區考克的盪氣迴腸，卻讓一段淒美的愛情，如出水蓮花深植於腐爛的淤泥中，戀人的身影徘徊在廢棄的舊倉庫，摩托車呼嘯沿河堤而行，一大片墨黑裡泛綠的污水，垃圾如浮屍般順流而下。賈樟柯讓這片段於他《海上傳奇》裡還魂了，捲入歷史洪流，已經消失的影像——未疏濬河道上往來絡繹的船家，齷齪貧窮裡滋養出頑強的生命；河邊拆得只剩水泥框的老房子殘骸，在慘白天幕下森然而立，如獅子啃得血肉不剩的最後幾根羚羊骨——對照正在成形的世博氣象（揮汗如雨的勞工，加緊建設趕世博開幕），一拆一蓋之間，乍看並無大分別。

蘇州河的水如今是灰黃色，整治多少收到些成效，而上海走過拆得風風火火的歲月，開始意識到拆掉的未必能轉換成資本財富，留下的不只是文化遺產，也可能帶來實質收益。攝影師爾冬強與旅滬三十年的老上海 **Tess Johnson**，穿梭於摩天大樓下崩解的石庫門、老洋房，留下最後的影像，也喚起更多保存意識；建築師登琨艷租下杜月笙當年的糧倉，改為工作室，亦為蘇州河畔舊倉庫大力奔走，帶動維護與再利用歷史建築的風氣。新天地田子坊回收的老弄堂，為老建築重新規劃所能創造的產值，提供了誘人的例證，自然引起投資的興趣。舊汽車廠房改的八號橋，位居法租界黃金地帶，走的又是當紅的文創產業路線（這詞總是語焉不詳，似乎在設計創造產值的世紀，其他產值不高的高創意文化行業，就只能當慈善事業了），頗不乏觀光客在跨街那高聳的綠格天橋穿來穿去，好奇孜孜望進一間間透明辦公室，觀賞著玻璃動物園裡設計、建築公司人員上工的情形。這裡搞得好了，第二期、第三期八號橋一個個增殖，也如複製人一般，看來貌似，但多少乏味些。

不是每個老建築改造都成功。靜安區弄堂和小型工廠翻修的同樂坊，或許也曾抱著營造近南京路商圈的新新天地、小田子坊夢想，但生意老做不起來，想潮、要時尚，卻還是無趣地融入當地居民生活圈，有氣無力地撐著「創意休閒園區」的牌坊。

回到久違的蘇州河，花了兩天時間，由西至東沿水而下，走過長寧、靜安、普陀、閘北四區。登琨艷早就離開蘇州河畔，轉戰楊浦的過程似乎不太順遂，遂於滾滾紅塵與神遊靜修之際徘徊；當年多虧了他，河岸這些舊倉庫改造出不少藝術空間，不知它們是否還安好？類似的故事總在世界各地上演：當初紐約藝術家發掘了SoHo，相繼進駐設立工作室，把這區的氣質發展起來了，卻也為節節上升的地價所逼退，精品時尚與餐飲業者便來收割成果。蘇州河畔的房價也炒高了，倉庫的租金說是幾年間就翻了十倍，不是發達的藝術家大約挺不住，挺得住的待得住嗎？

肯定比上回來蕭條了些。創意園區大多像舊廠房改了寫字樓，辦公氣氛濃過創意，藝術家去了哪裡，就不用問了，偶有幾家藝廊，懶洋洋在公司行號裡打著呵欠。那日陽光燦爛，忽地看到SoHo，想是眼花了，凝神一視，原來是個疑似山寨的DoHo，Design office Home office，生氣勃勃挺在一整列新蓋的親水華廈和低矮小樓間。

童年愛國教育的薰陶隱隱作祟，我也曾到這兒找四行倉庫，才發現四大銀行不只一處聯合倉庫，其中一個入口覷著了謝晉元團長銅像，便認定這兒是當年八百壯士死守之處，電影版林青霞飾演的女童軍，渡河送來國旗的畫面，虛實不分水乳交融地混在一起。一旁另一座四行倉庫的金字招牌下，擺上創意倉庫新門面；創意還

FADI

蘇州河畔孤零零的半壁洋樓。

沒看到，樓層依稀可見雜物錯置，倉庫之實，倒是錯不了。

杜月笙糧倉換租戶前，房東大肆翻修，塗上層俗不可耐的新漆；隔壁倉庫仍舊驕傲地披掛歲月浣濯的滄桑外衣，只安上 Shanghai Nightmare 的夜店招牌，「上海噩夢」所指究竟為何，令人莞爾。對岸曾是頗富盛名的蘇河藝術中心，睜大了眼仔細瞧，沒錯，招牌不見了，不是籠進暮色漸次蒼茫的晦陰裡，真的拆掉了；釘上紅灰磚牆，看盡百年歷史流逝的福新麵粉廠字號還在，空蕩蕩等下一個業主。

拐到後邊窄巷，弄堂口有孩子端著飯碗，老奶奶勾著毛線，漢子們光著上膊抬槓，女人正要出門遛狗，見有外來客，如電影停格般，一靜，又紛紛活動起來。前壁廠房的高牆擋去了光，後頭棚戶幽幽暗暗，磚角裂縫，黃梅季一潤，就能竄出閑花野草，似這後巷卑微的人生，脫不了貧困，卻顏色鮮活，生機盎然。

莫干山路五〇號也很觀光了，老外又比當地雅客來得多；儘管商業化，仍有不少別有情致的畫廊藝品店，展示中國藝術家水漲船高的行情。瞬時，滂沱大雨淅淅瀝瀝，於是在咖啡館裡觀天色自沉，像是稍駐遊人驛站，想著下一站航向何方。

蘇州河入江之處北望，好幾條小運河蜿蜒虹口，匯入黃浦，一九三三老場坊恰逢兩涇之水交會的旖旎，面水而居，帶幾分阿姆斯特丹情致——只可惜面對的並非一池清波蕩漾的碧水。這棟灰白建築曾為遠東最大屠宰場，出於英國建築師 C.H.

Stableford 之手，由當時蜚聲滬上的余洪記營造落成，方正外殼繡上裝飾藝術風的圓花格窗與波浪裙襬，不妖不媚，別有意趣；內部以大圓螺旋展開，人獸分道，畜欄、車間沿軸分置，各有滑道相通，宛若迷宮的佈局，空間配置卻井然有致，體現工業建築的實用性；內外兼修，功能齊備而極具魅力，今日觀之仍充滿現代感，可說是建築工藝的典範。一九三三老場坊整修而重新開放以來，已成為上海攝影天堂，並不意外：簡約大方的水泥鋼骨架構，以乾淨俐落的幾何圖形與線條，從容優雅地撐起外方內圓的建築，由於採光良好，廊橋、傘柱、窗棱多姿的曲線飾紋，每每於地上交織綺麗紋路，一步一風景，光影流溢如畫。

隨中心迴旋梯直上天頂，像是羅馬式聖殿（Basilica）的蒼穹，當年進入此地待宰的牲畜，仰望流瀉的天光，是否能感悟天堂不遠？建築正面朝西，一壁鏤空水泥花格窗，除了通風透光，也寓有超度待死動物早上西天之意。這中西合璧的「臨終關懷」，以及無痛處理狀況（多以電擊宰殺），彰顯著此地所期許先進而人道的屠宰工藝（他們確實把屠宰視為工藝，讓人聯想到運用機械解牛的庖丁）。

話雖如此，殺生多了，刷洗得再乾淨，那股血腥氣與陰鬱調子，總覺揮之不去——這不正對上了當道的歌德式（Gothic）時尚品味嗎？藝文空間、咖啡餐飲、設計精品已進駐這詭譎之地，更有身歷其境的鬼屋體驗，利用不須刻意營造的恐怖氛圍，好好嚇嚇尋刺激的遊客。但這裡更是辦活動的絕佳場地，迎來名車、珠寶秀、明星球賽、跨年晚會、展覽與表演，王家衛偕《藍莓夜》來此舉辦首映派對，法拉利 F1 活動帶來義大利紅的車陣與楊紫瓊，章子怡也在代言活動上豪飲香檳，可想見不眠的夜裡，常有霓光映照老場坊幽黑深邃之眼。

沿著蛛網似的旋梯廊橋四處探險，上層好一幅框在溫暖的金色斜光和鋼架牢籠似陰影裡的新人，讓我停住腳步。那是婚紗公司銷售幸福的畫面，敢在屠宰場拍婚紗照的儷人，只是趕流行，還是真想清楚了？

或許真有明白人，了解婚姻不該是待宰之身蓋那一戳肉質保證的印章，要銷毀的劣質品，還有公家補助的保障。當華麗的禮服與張揚的青春，於陰森過道間一次又一次地曝光，而新人充分體會婚姻可能是生命殺戮的戰場——有意識被趕入柵欄，血淋淋開膛取臟，卻也在生死開脫之際，得窺靈肉的奧祕，同赴極樂之境與下一次的輪迴宿命。那麼要他們不百年好合，也難吧？

（上）煙塵裡兀自金光瀲灩的蘇州河。
（下）昔日屠宰場改建的 1933 老場坊。

水舍剪影

踏出老碼頭，沿著毛家園路西行，若不是前頭有人踩著高跟，鏡頭前搔首弄姿，擋住我的去路，恐怕不會停下腳步。那氣質不甚佳的小模斜瞄我一眼，盯著被我背得很體面的山寨包，大喇喇地品評。繞到對街，看那一組人馬仍忙碌地拍個沒完，才發現這廢屋真有點意思，挑高二層的大門頂部嵌了小燈，方正剛硬的稜線在轉角柔和下來，優雅迴身，不費力地佔滿路口寸土寸金的空間；包住房頂的耐候鋼鏽得如此無懈可擊，宛若撒上松露巧克力的可可粉，幾乎要教人垂涎了。繞到面對南外灘那一側，滿目滄桑的水泥墻盡處，小腿邊隱隱有微光，低頭看去，正好對上咖啡座裡望出來的目光。

不多時，我走進這家名為「水舍」（Waterhouse）的精品旅館，融入大堂對過下陷咖啡吧的風景。環視四周形姿各異的休閒椅，仿若隨意擺設的木桌、圓几、陶瓷小凳，明白這裡是北歐巨匠與義大利名家交鋒的一級戰場，夾在中間的德國新銳設計師亦不甘示弱，這空間看似閒適安逸，一草一木卻莫不暗暗較勁：椅子叢林的佼佼者，或是如蛋殼溫柔庇護委身其上的人，帶來宛若新生的喜悅；或以簡潔優美的弧線結合渾然一體的後背和扶手，讓向外擴散的過短支腳，撐起雍容之下隱隱不安定的靈魂；或是看似岌岌可危的王座，讓對於權勢的幻想與幻滅，微妙地聚在一個平衡點。

侍者泡好咖啡送上之前的黃粱一刻，我先是陷入 Hans Wegner 熊爸爸椅的環抱，再任下半身被吸入 Antonio Citterio 富於磁性的馬特椅（Mart），然後到了對桌，試試 Konstantin Gricic 抗拒地心引力與傳統想像的混亂椅（Chaos）。最後我選了一張設計感沒那麼強烈，看不出原創者名號的椅子坐下。

自擦得一塵不染、寫了「小心玻璃」的邊門望出去，中庭座位一式 Gricic 的一號椅（Chair One），空心三角的幾何線條勾出鑄鋁椅子結構，呼應室內幾把鑄鋁和水泥基座混搭的姐妹作，與赤裸的水泥柱體、兼具裝飾與鞏固作用的格狀鋼條相互唱和；一號椅的「空洞」美學對照廳內大半座椅的厚重飽滿，虛實交錯有致，別具風格。天氣好，中庭兩側的客房都推出氣窗孵太陽，狹窄的馬蹄形過道上方，遂高低錯落地綴滿直條木紋窗，像是弄堂裡竹竿撐了曬出來的深色床單，窗洞後方沒準還有張面孔靜靜地窺伺。而我同樣從咖啡廳窺探回去，視線穿透大片玻璃視窗，穿過窗上的卡爾維諾（Italo Calvino）引言：「記憶是累贅的，它重複著符號，以讓城市開始存在。」

旅店裡四處散佈如這般隨意或刻意的語彙，譬如引人沉思的卡爾維諾、樓梯間卡夫卡的「只要你不停止攀升，樓梯將永無止盡」，或是地板上不知所云的「糯酥多毛」，或走廊隔間的「十二點鐘，湯麵，九元……」——就像旅客隨手記下的一筆流水賬。這或如哲學璣珠、或如符號、或是塗鴉的語句，亦從磚牆上、地板縫、鏡台邊偷窺我們，或挑釁或無感地留下些許蛛絲馬跡，引人探究。畢竟這棟始於三〇年代的老建築曾作為日本憲兵司令部之用，關於特務、警匪槍戰的想像，無可厚非要刺激好奇的心靈，稍一留心，仿佛就能找到線索：那些寓意不明的話語，或者來自困在建築迷宮裡的求救者；走到哪兒總感覺能窺視別人或被人監視，分明是跟這房子晦暗的過去連結……

陰森的酒店大堂，當真有幾分電影《色，戒》的氣氛——剛出大門那個短褲輕裝的美國遊客，自然不比半張臉在陰影裡，眼睛在黑暗中閃著不祥之光的梁朝偉飾演的易先生。如果外頭等著的不是燦爛的午後陽光、謙卑溫和色調的出租車，而是幽深夜裡屏氣凝神的黑頭座車，那麼從這警戒森嚴之處接走特務頭子，是很能讓人信服的。不由得想起那個電影片段——車裡豔裝的女人埋怨著，說這樣冷的天待在車裡足足凍了兩小時，而男人帶著性的亢奮，描述方才如何刑求逼供、那個被轟掉的半個腦袋、噴了一皮鞋的腦漿和血——顫抖著，我們真在那不修邊幅的牆面、剝落的壁磚上找到疑似彈孔的凹痕，沿著耐候鋼板流淌的鏽漬有如斑斑血跡，挑高的天花板也像是捱過槍戰，更襯得那盞垂下的雪白 Moooi 紙雕吊燈搖搖欲墜，電影裡總不乏神射手一槍打落水晶大燈的鏡頭，不是嗎？接待人員背後刺眼的普普藝術家 Tracey Emin 經典霓虹作品，帶點哀怨的"You should have loved me"（你該愛我的），放在王佳芝還是易先生嘴裡，似乎都挺對味。

還能在現場冥想那個風聲鶴唳的年代，也多虧了建築師「以舊為舊」的整修巧思——在上海風風火火翻新老建築的浪潮下，多少舊樓因之倒下，讓位給依樣新蓋的「山寨樓」；或是不管三七二十一地重漆重砌，被迫穿上過於鮮麗外袍的疲憊老屋，不知要唱什麼樣的大戲給誰看，侷促不安著。幾乎要讓人錯認為廢棄倉庫的「水舍」，實則處處經過精細的設計盤算：不加粉飾水泥壁板的過往滄桑，甚或點上些許銅綠印漬，渲染難得的歲月痕跡；灰泥斑駁的牆面或框架，因那不規則裸露的暗紅疊磚，為陰冷的水泥架構增添幾許暖意；加裝的鋼骨、木板、新漆壁面，無不簡約低調，以新對舊卻不張揚；幽暗的底樓大廳對比頂層的採光與隔間設計，隱約喚起船艙骨架的形姿，從外觀之，亦有幾分煙囪貨輪的趣味，像是把此區十六鋪碼頭的記憶，銘刻在建築裡。

（右）低調到看不出是精品旅館的外觀。
（左上）水舍中庭與對望的客房窗。
（左下）水舍刻意「以舊為舊」的裝潢。

予人印象最深的，總是水舍那無視公共和私密空間分野，引誘人相互窺視的設計。從大堂竟能直視客房內部，而櫃檯上方的明鏡，更大方映出客房風光；房客如不願坦然示人，大可拉上窗簾，但那向外推出的木窗內面裝了鏡子，於是不想讓人看的，還是可以躲入視線死角，欣賞鏡裡反映的景致。餐廳的客人不只要承受櫥窗邊的眼光，頂上來來往往的腳步裡，可能也夾雜了窺視者——因為走廊側邊裝了狹長的視窗。

說來，左右綴滿觀景窗對望的馬蹄形中庭，可不就是一個弄堂過道的縮影？這舉手投足之間，盡可觸及凝視之眼的設計理念，莫不是弄堂生活給的靈感？弄堂裡是談不著隱私的，出入往來盡在過道閒聊的大叔大嬸眼中，今天你家吃什麼鄰居都聞得到；關起門來沖澡的少婦，要是發現沒拴緊的窗緣，緊緊依著鄰居青春期的兒子屏住的氣息，除了羞惱是否還有一絲強壓下去的自矜呢？在水舍裡，沒住過弄堂的客人顯然可以選擇性地開放自己，或潛入別人的私密，弄堂裡慣常嚼舌根話是非的所在，則轉化為擺滿遮陽傘一號椅的露天咖啡座。

透露對於在地文化的熟稔與反轉慧黠的設計，出於總部在上海的一個「新上海人」設計團隊——來自台灣的胡如珊和華裔菲律賓籍的郭錫恩——是故帶著幾分外於本地人的冷靜與理性，輔以融入在地文化的常居者思維。他們不只化精品旅館為時尚弄堂，某些客房窗外便是真實的舊式弄堂：旅客得以帶著一點高姿態（從二樓或更高處），俯視里弄裡的人生。

然而這風景殘缺不全，亦快速地消逝中。附近的舊區動遷計劃，已經推平了一大片磚瓦相連的老房子，讓高樓在原地興起，還沒拆掉的零星段塊，大約是補償方式沒談攏，或是一條街坊或是幾間釘子戶，孤零零地僵在斷壁殘垣間。出了水舍背江而行，穿越並立的親水華廈和棚戶危樓，快到地鐵站前，那些拆好的房舍殘骸先用水泥墻遮起來，新樓何時蓋尚未可知。這條紫霞路曾有過綿延數百米的市集——十六鋪碼頭上岸最新鮮的水產，浦東農民擺渡帶來的蔬果、活禽雞蛋，附近作坊挑來熱騰騰的豆腐、麵筋，吆喝著現宰豬肉的屠戶——百年的老菜場如今只剩下這一大片瓦礫堆了。

荒煙漫土中，仿若有人低了頭勤幹活，以為自己眼花了，卻真是幾片木板竹條撐起的修鞋鋪——左近賣鮮花、魚貨、肉食、瓜果的商販都撤光了，這簡陋的鋪子卻奇蹟似地存在，熱絡地招呼行腳人。不覺扣緊的快門，在老人抬眼的瞬間鬆開了，自己那獵奇的鏡頭，比起興高采烈觀賞髒亂貧窮弄堂的水舍賓客，到底那裡不同，我已無從分辨。「你照啊，沒關係。」以為自己聽錯了，但老人再重複了一次。我怯怯地按下快門，老人亦靦腆地露出最體面的微笑。照完除了道謝，無以回報，真希望足下這雙風塵僕僕的鞋哪兒開口、還是磨腳了，請他幫我修一修，於是暗恨它怎麼如此堅固牢靠。就怕下次回來，顫巍巍的小鋪子早被掃出這片荒原，永遠成為記憶裡的畫面。

後記

幾天後，我帶著打印出來的照片，原路找回修鞋鋪，老人依舊友善地笑著說照啊，我把照片給他，說您照得很好看。他跟棚裡等修鞋的老鄉愣了一下，然後看著照片點頭。來照他的肯定不少，讓他看見自己工作時的容顏與尊嚴的，應該不多。

紫霞路上最後的修鞋鋪。

鄔達克在上海

但有花木扶疏之處，多半藏了銅像，表彰該君對上海的貢獻，作曲家聶耳，劇作家田漢，病逝於上海的作家魯迅，各有尊榮他們的角落。外國人也不曾缺席，成就大上海，可不就是華洋雜處，矛盾與和諧交錯的結果？曾三訪上海的泰戈爾，在茂名南路南昌路口有尊小像，離接待他的徐志摩伉儷故居不遠；中山公園裡高達七米的蕭邦雕塑，是世上最高的蕭邦像，由長短不一的鍵盤，托起一個孤獨的靈魂。桃江、汾陽、岳陽路三岔口小公園的普希金銅像，最早由旅滬俄國僑民集資建於三〇年代，以紀念詩人逝世一百週年；這像卻命運多舛，隨日軍佔領、抗戰勝利、文革而拆了又建，建了又拆，等到第三座雕像終於穩在基座上，悠悠五十載就這麼過去了。

跟上海沒有直接關聯的蕭邦、普希金都於市內留下痕跡，那麼旅滬近三十年的匈牙利建築師鄔達克（1893-1958）——於上海承接五、六十個建築項目，設計單棟建物高達上百座——豈不更有理由留下塑像，誌其參與上海建築的黃金年代，留下可觀的文化遺產？

趕著鄔達克一二〇週年誕辰開幕的紀念館，確實供了一尊銅像；這由建築師舊居改造的展館，只開放一樓兩間相連的斗室，展出相關文獻、鄔達克紀錄影片等等（無怪名為鄔達克「紀念室」），大半樓面租給了當初出錢協助修復的公司行號。於是來參觀的遊客一個個問，「紀念館」就這麼大，上面跟隔壁不給看？照管的義工也耐心一個個回答，是的，不過您可以從庭院的落地窗望進去，酒櫃跟咖啡桌，不是鄔達克家原有，是他們自己加的……

儘管四周竄起的高樓，硬是把這英式鄉村住宅擠到窄弄邊角，踏進此地仍能感受一分恬靜自適。這是鄔達克於上海飛黃騰達時期的居處，亦是旅滬匈牙利社群恆常聚會場所，明亮溫暖的居家氛圍，以及當時流行於德國、北匈的黑白都鐸建築，為這些離鄉背井的遊子，帶來些許慰藉。

穿過法國梧桐掩映的小徑，到對街占住半個路塊的花園別墅前，我攀著圍欄探頭探腦，不得其門而入，路過的上海阿姨好心地指點迷津：「知道這誰的洋房？孫科跟他小老婆住的呀，現在機關在用，進不去的噢。」是的，我知道這兒原是鄔達克為自家規劃的宅邸，尚未完工就給重要客戶買走，他只好另蓋在對面——當然建築指南不會提到小老婆的情事。孫科顯然對別墅感到滿意，它為其後的長期合作劃下好的起點，據云鄔達克監造緊鄰基督教公墓的息焉堂，曾遭遇委託方款項拖欠的問題，也是孫科出面協調解決。

住息焉堂附近的老人，繪聲繪影地，說昔日教堂堆滿棺材，鬼影幢幢，後來解放軍把它封死，不讓遊魂擾人。我繞到教堂後邊，的確聽到鬼哭神號，那是象鳴虎吼之聲。文革期間教堂與墓地充公，墳地遭劫、曝其屍骨（或許墳裡的不得安歇，只好出來遊蕩？），教堂作為動物園倉庫使用；之後息焉堂歸還教區，與動物園不過一牆之隔，窄縫間依稀可見猛虎雄姿。

柔和的鵝黃面淺綠頂建體，依傍著綠樹小河，鄔達克喜愛的新哥德風尖拱，現於窗框、柱廊、拱門，卻沒有傳統哥德教堂的繁複森冷——這些尖拱線條簡潔優雅，飾以外牆鱗狀的灰泥抹紋，愈發顯得家居悠閒。自然，採光上不能不考慮神聖氣氛的營造，融合聖潔殿堂和私密居所特質的息焉堂，因之成為將離之魂的理想追思安息之家。仿若神來之筆的拜占庭拱頂，或許道出建築師對東歐故鄉的思念，也溫潤了尖拱的稜角，調和顯得太北德表現主義的線條，決定這座天主堂之所以為獨特的存在。他在寫給父親的信裡提到，現在動動鉛筆就能指揮千軍萬馬，但仍渴望設計小教堂獲得的內心寧靜。

營造商與建築師的父親，是鄔達克的偶像，身為長子，他不得不放下少年時期

（上）黑白都鐸建築的鄔達克故居紀念館。

（左下）擺上聖誕裝飾的息焉堂。

（右下）七米高的蕭邦雕像，鍵盤托起的孤獨靈魂。

對哲學與神學的愛好，於布達佩斯理工大學修習建築專科，準備繼承家業。豈料一戰爆發，把青年建築師送上前線，成為戰俘，一路顛簸流離至西伯利亞。傳說鄔達克在運送戰犯的火車接近中國邊境時，毅然跳車逃亡，到了哈爾濱——這說法不免讓人想到動作片，那令人血脈賁張的高速火車亡命格鬥鏡頭——雖然聽來浪漫，或許他連同夥伴逃離戰俘營，跳上手搖火車順鐵路沿線南行，還是較為可信的版本。

鄔達克的設計文件總會蓋上中英對照的圖章，刻有 L. E. Hudec, Architect, Shanghai 以及「鄔達克章」四個篆文字，這不僅為了他的華洋業主方便辨識，仿若也暗示他在上海左右逢源，於華人與洋人之間都建立口碑，卻又註定在不同文化邊緣漂泊的命運。他從東北來到滬上，主要因為當時的上海與摩洛哥丹吉爾（Tangier），是世上唯一不需要身分證件，便能居留工作的城市。奧匈帝國戰敗解體，讓他成為沒有國籍的人，他出生的上匈牙利小鎮，被納入捷克斯洛伐克領土，對於自己到底是匈牙利還是斯洛伐克人，他感傷地說，祖國分裂了，但他這個人要如何分成兩半呢？在上海執業的鄔達克，無法如大多外國公民，仗著母國在滬勢力，得以享受治外法權保護，工作上亟需步步為營，不能犯下錯誤引起糾紛，這與他一絲不苟、追求完善的設計，遂相輔相成。如鄔達克傳記作者彭切里尼（Luca Poncellini）所言，鄔達克在上海的脆弱感，也正是他的優勢：政治中立的形象與出色的設計，使他更容易贏得華人業主的信任；他富於個人風格與引進現代潮流的作品，往往比帶著殖民風格和傲慢的「列強」洋行建築，更符合這些華人精英欲振積弱國勢，尋回民族自尊的需求。

一九二二年，鄔達克與德國富商之女成婚，自立門戶成立鄔達克洋行，不久，他有機會為金融鉅子劉吉生設計別墅，作為劉贈予愛妻的生日禮物。這時的鄔達克真是春風得意，婚姻美滿，事業騰飛，他規劃的劉宅亦花飛蝶舞，從圓弧狀的雕花欄杆俯視庭園，蝴蝶形的噴泉映出四位小天使包圍的女神嬌姿——這尊大理石雕像，是建築師送給主人伉儷的貼心禮物，那裸著半身的女子，正是愛神之妻賽姬（Psyche）。這洋房因又暱稱為愛神花園。

多年以前，我初次到上海，順道去領取積欠已久的一筆稿費（人民幣在海外也沒法用，你到了上海就給你，對方這麼說）。沿著巨鹿路找，一路留意公司行號辦公樓，豈知最後竟是這座花園別墅。我跟編輯坐著聊天的窗口，正對了蓊鬱的竹林，我說你們雜誌社真是好所在，她微笑，「這以前是資本家的豪宅，後來充公了，還給人民。」

現在的花園洋房好幾個文學雜誌進駐，上海作家協會也設在這兒，空間不夠，便捨去綠地，旁邊新蓋一棟，費心地仿了鄔達克的拼色磚牆和愛奧尼亞柱頭，卻看來還是山寨。屋內空間使用很是隨興，但建築似乎保存良好，當初真的分給無產階級，六戶、八戶分割這棟洋房，日日夜夜損耗，大約很難有今日的完好狀況——天氣好的時候，戶外那尊女神像高舉的雙手，可能還得擎起被單，替居民們好好曬一曬呢。

暱稱「綠房子」的顏料大王吳同文宅，現代的風格與古典的「愛神花園」大異其趣，因業主看準戰事一觸即發的商機，以軍綠塗料致富，全屋遂以其幸運色的綠釉彩磚覆蓋。號稱「遠東第一豪宅」的綠房子，設計動線流暢，配備豪華而功能性強：玻璃天棚的日光室，彈簧地板的舞廳，內牆銅暖氣片，冰塊製冷循環地熱系統，上海私宅首座電梯；有西式酒吧、彈子房，亦有中式佛堂、祖屋。這是鄔達克的得意之作，他曾向業主保證，該設計的現代感過五十年還是超前，百歲之後亦不會過時。這房子顯然大得吳同文歡心，之後有權貴砸重金求他割愛，不得應允；文革時抄家，他與小妾於此吞藥自盡，永遠伴隨綠屋。

「這裡曾租給台灣商人開高檔餐廳。有活動，我們看模特兒走秀，從露台轉一圈下來，真是好看。」對面大樓的研究員這麼說。我們盯著以優雅圓弧向花園華麗開展的露台迴旋梯，讚嘆這確實是最耀眼的舞台；建築師的自矜其來有自，九十年過去了，綠房子依舊從從容容，坐穩上海經典摩登建築的寶座。

（左）讓少年貝聿銘立志當建築師的國際飯店。
（右）暱稱「愛神花園」的劉吉生宅。

「後來城市規劃設計院把它收回來作辦公室，發現所有龍頭五金都不見了，十二個衛生間，拔得一個不剩。租給他很便宜的，沒賺多少，怎麼有人這麼不尊敬歷史建物？」

身為該不知名商人的同鄉，在她的義憤之前，我一邊擔負部分「不文明」的原罪，羞赧地垂著頭；一邊偷覷衛生間裡靦腆換上的粗陋黃銅把手，心裡納悶，製作更精美的仿古五金配件，法租界古董店似乎挺容易找——難不成刻意用得醜些，讓人永遠記得這樁恨事？

鄔達克在上海的高峰是成就國際飯店之時。這棟地上地下共二十四層的高樓，源自建築師一九二九年遊歷美國的靈感，要在上海鬆軟的沙質地層蓋摩天樓，於當時技術是極大挑戰，鄔達克與團隊克服萬難，豎起一座俯瞰跑馬場與滬上精華地段、美國以外最高的摩天樓，號稱「自倫敦到東京」絕無僅有的景觀；他巧妙運用美國建築理念與德國冶鋼技術，統合華人資本與優秀的本地營造商創造奇蹟，造成空前的轟動。貝聿銘回憶少年時期的自己騎車經過國際飯店建地，瞧見高樓自挖出的大量沙泥中昇起，便立志想當建築師。

國際飯店與大光明戲院把鄔達克推上頂點。對日抗戰爆發後，隨著戰爭進行，事務所的生意江河日下，接連的國共內戰讓他明白，離開上海的時分到了。他攜家至羅馬參與考古工作，之後輾轉到了美國加州，定居於柏克萊。偶有零星計劃，或設計親友居所，或與當地建築師合作，但他不再開設事務所，潛心曾經熱愛的哲學、神學與考古研究。一九五八年他因心肌梗塞逝世，那天正是他抵達上海的四十週年。

鄔達克從未料到會久居上海，成為打造這座城市現代性的重要推手。他原先只想賺夠盤纏返鄉，豈料戰事發展與父親驟逝，讓他必須努力工作負擔家計，其後的美蘇陣營對峙，更讓歸鄉成了不可能的夢想。他像傳說中被詛咒的荷蘭幽靈船（**Flying Dutchman**），永無止境在海外漂泊，卻註定回不了故鄉。

他並不喜歡所有事物都「不可思議地高度物質化」的美國，想著是否有朝一日，美國人學到金錢不能帶來真正的滿足和幸福，而回歸像歐洲人的精神追求？他無法預見在我們的世紀，他於美國見識的高度物質化走到極端，也誘使歐洲人偏離了精神追求，在全球化浪潮襲捲之下的上海，更是全面擁抱虛幻的資本，犧牲了環境和多少人的幸福，換取經濟成長和便利生活。

在上個世紀，鄔達克看到二九年華爾街崩盤前的紐約，而有了三〇年代摩登上海的國際飯店。今日的國際飯店已淹沒於四周的高樓之海，天氣陰沉或空氣污染嚴重時，典雅的褐色磚牆愈發顯得黯淡，塵囂之中，它也只有沉寂了。

上海法租界到巴黎伸展台

一九三六年二月，華裔女星黃柳霜（Anna May Wong, 1905-1961）自美國西岸搭船橫渡太平洋，抵滬時分，成千上萬人湧進碼頭，爭睹於歐美影壇占有一席之地的明星風采。那卻是黃柳霜銀幕生涯極落寞的一刻：再怎麼努力、不管多有天分，她得到的角色總是白人主子身畔的女奴、心狠手辣的黑幫女、遭人欺凌的中國妓女。改編自賽珍珠小說的《大地》開拍了，她使出渾身解數爭取的主角，終究由一位德國女星塗黃了臉蛋來演——天生就是東方面孔的演員，在好萊塢仍得不到中國婦女的角色。

不論在她出生的美國或是對她友善些的歐洲，黃柳霜都是富於東方情調的存在，來到中國，還是在異鄉。熱烈歡迎的群眾發現她說英語和粵語，溝通尚需翻譯協助；走在上海街頭，穿過圍觀仰望的人們，她修長苗條的身段總顯得特出，融不進背景裡，那舉手投足顯然是有意識對著鏡頭，精心設計的演出。儘管她住進最摩登的國際飯店，出入都有豪華轎車，往來皆是社會名流，在只開放給西方人的俱樂部前，她還是被擋了下來——租界的規矩就是這麼血淋淋，來自美國的嬌客還是本地華人，並無分別。

幾年前辭世的歐亞混血名模奇娜・瑪夏朵（China Machado, 1929-2016，本名Noelie Dasouza Machado），出身上海法租界，在黃柳霜訪滬期間還只是個清秀的小丫頭。兩人或曾在十里洋場擦身而過，但是在戲院觀影的瑪夏朵，不會像華人觀眾那麼留意《月宮寶盒》（*The Thief of Bagdad*, Raoul Walsh, 1924）梳著古怪雙環髻的蒙古女奴，或是《上海快車》（*Shanghai Express*, Josef von Sternberg, 1932）裡和瑪蓮・黛德麗對戲、有著齊眉瀏海靈動雙眸的中國娃娃。葡萄牙人數百年來海外擴張的歷史成就了瑪夏朵，她是他們到東方淘金所誕生的產物，祖父母、父母分別於臥亞（Goa）、香港相逢，讓葡萄牙、印度、中國的血脈於她身上交融；對外人她說英法語，同自家人說葡語，使喚僕役用的是華語。對她而言，女性美的象徵是麗泰・海華絲、費雯・麗、艾娃・嘉納。她從未想過有朝一日，自己會走上伸展台、登上雜誌封面，挑戰既定美的典範。

看她提筆回顧自己傳奇人生，一般人多半會想，挾著巴黎伸展台無往不利的光環，轉戰紐約而被攝影大師亞維頓（Richard Avedon）相中，成為首位主流時尚雜誌的非白人封面人物，當是她生命最重要的轉捩點吧！記憶帶著她回歸的卻是更久遠

以黃柳霜為封面的第十六期《良友》畫報，1927 年 6 月 30 日出版。

的歲月，戰爭陰影籠罩的中國，未滿七歲的她感染傷寒及腦膜炎，病勢凶險，守在醫院哭泣的親族、病榻前準備臨終儀式的教士，是她神志昏迷時，於夢魘和真實邊際游離的殘影。日軍轟炸下倉皇撤離的醫護人員，把看似沒有呼吸的她丟上裝載屍骸的貨車，若不是父親執著，從死人堆裡尋回這個半死不活的小女孩，她的生命便至此為止，不再有波瀾。

日本人來了，他們失去花園洋房與僕從，從鬼門關回來，備受嬌寵的小女兒不再，活下來的是個生存者。瑪夏朵一家終於一九四六年離開內戰撕裂的中國，輾轉從紐約到了布宜諾艾利斯、利馬，三年後，十九歲的瑪夏朵拋下家人，跟隨愛人遠走歐陸。似狂風暴雨襲捲少女芳心的對象，是當紅鬥牛明星多敏戈恩（**Luis Miguel Dominguín**），海明威《危險夏日》（*Dangerous Summer*, 1985）中說他是「迷人精，黝黑、高大、窄臀，以鬥牛士來說頸項略顯太長，那極嘲諷人的臉蛋可從職業性的輕蔑，轉為平易近人的笑靨。」接近生命盡頭的作家，於競技場親睹鬥牛天王出生入死的搏鬥演出，嘆道，「生為他那行第一號人物是一回事……每次幾乎在死亡邊緣證明他真是頭牌，又是另一回事。」

這樣的人物將少女瑪夏朵引進遊艇派對的浮華世界，也讓畢卡索、考克多、楚浮成為尋常交遊的友人。然而另一場驚天動地的邂逅讓他離她而去，這可畏的情敵不是別人，正是她曾憧憬的銀幕偶像艾娃・嘉納。

是命運之手藉由一段破碎的羅曼史，將她推向巴黎伸展台嗎？與多敏戈恩分手不久，她被發掘進入時尚圈走秀，在模特兒只為專屬品牌作展示的年代，她以 freelance 的身分遊走紀梵希、Balenciaga、迪奧、皮爾卡登，成為歐洲酬勞最高的伸展台模特兒。也是在此時，耶誕節誕生的諾耶莉（Noelie，耶誕之意）捨去這個宗教意味濃厚、對這行吸引力不大的本名，以 China（而且要人唸做「奇娜」／Chee-na，不是「中國」一字的「柴娜」發音）為藝名重生，把玩著若即若離的中國根源以及異國風情。

生活在上海法租界的瑪夏朵，大約難有任何親近中國或華人的認同，一旦漂泊到了南美洲，被當地孩子們 chinita、chinita 地喚著，她必須認清自己無論如何都生著一張流露亞洲血統的面孔——這是無可逃避的宿命，也能轉化為最大優勢。銀幕上那些同她一般有著高聳顴骨、深邃五官的女星，沒有她的小麥肌膚，以及畫龍點睛的東方色彩。她能夠生動地在倨傲和嫵媚之間迷離流轉，鏡頭前自如地扮演熱情裡帶著積鬱的葡萄牙姑娘，端莊而略顯拘謹的中國貴婦，這一刻彷若翩翩起舞的蒙兀兒公主，換個場景一回首，竟恍似高挑一些、豐腴幾分的奧黛麗・赫本。

作為伯樂的亞維頓，最能識得瑪夏朵游離東西之際的獨特風采，兩人的無間合作，不但挑戰白人長期壟斷雜誌封面、特定妝容形象之局，也讓她成為《哈潑時尚》（*Harper's Bazaar*）首位裸體入鏡名模。如果亞維頓在八〇年代為娜塔莎．金斯基（Nastassja Kinski）拍攝的巨蟒纏身裸照，都還能引起衛道人士抨擊，可以想像《哈潑》於一九六一年刊出的瑪夏朵裸照有多「驚世駭俗」——而她身上纏的是纖細許多的 Tiffany 金鍊。

闖蕩對有色人種仍不怎麼友善的江湖，瑪夏朵面對的歧視或許只比黃柳霜少一點，但她的境遇顯然順遂不少。一九五八年，深受賈桂琳．甘迺迪喜愛的設計師 Oleg Cassini 邀請她至紐約走秀，開創她在美事業發展的契機，伸展台之後卻有一段小插曲：據云一票來自美國南方的買家，宣稱不會採購「那個黑人」展示的時裝，而 Cassini 不但力挺瑪夏朵，更在之後僱用更多「真正」黑人模特兒。稱瑪夏朵為其繆思的亞維頓，執意要讓她上封面，不惜以不再續約要脅，《哈潑》高層雖然有所顧慮，為了保住明星攝影師，不得不同意他的條件。「在歐洲時我知道自己多少有點『異國』，但可不是這般傷人的。」瑪夏朵憶起過往，這麼說。

瑪夏朵普遍被認為是先驅者，為之後黑人超模 Naomi Campbell、名模出身的寶萊塢巨星 Aishawarya Rai、非韓混血的 Chanel Iman、中國的劉雯等崛起鋪路。一甲子後的今日，時尚圈是否真如想像般「色彩繽紛」？瑪夏朵辭世的二〇一六年統計顯

Radloff, Barbara Niggl，戴眼鏡的 China Machado，約攝於 1962 年，Münchner Stadtmuseum 收藏。

示，約有二五％的伸展台秀模以及二九％的封面模特兒是有色人種，比起前一年分別增長〇．七％和六．二％。這些仍大有成長空間的數據，不知該讓人感到欣慰，還是多年的長進不過如此，而大感失望呢？

讓人不禁要懷念瑪夏朵。這些年，名模的走紅衰退循環期愈加短暫，唯有她竟然在淡出這行近五十載，於二〇一一年被經紀公司簽下，成為旗下最年長的模特兒，再度回到鎂光燈前。除了一頭如雲黑髮染過，沒有任何拉提整形隆乳，毫無所懼，精力充沛，與嫩模一同入鏡。年過八旬仍是超模，自信自然展現優雅晚熟魅力，能有何懼？

二〇一六年十月初，集結多幅以瑪夏朵為中心的經典影像展——包括她與畢卡索的合影，亞維頓、Bruce Weber、Steven Meisel、Francesco Scavullo 等人的攝影，安迪．沃荷、Geoffrey Holder 為她畫的像——於紐約開幕，不只呈現藝術家眼中的繆思形象，也儼然是一部時尚史。人生回顧展後才兩個月，她驟逝於紐約長島，離八十七歲生日只差一週。當年她為避戰亂離開中國，美國夢在紐約移民關卡前硬生生粉碎，因而遷徙南美洲，豈料十多年後，曾拒絕她的這個城市，終將成為她發光發熱的舞台，以及後半生的家。

二〇一一年春，她初次重返久違的上海，兒時住過的裝飾藝術公寓、做禮拜的天主堂早不復昔日模樣，她喜歡新上海的活力，面對逝去不復返的美好與傷痛，則流下眼淚。她把古典園林的月洞門、造景帶回紐約居所，親手在一面又一面牆上描繪記憶中的風景：小橋流水，亭台樓閣，倚樹而立的東方美人。那看似江南水鄉的美好畫面，同她本人一般，有些中國色彩，更深層的仍是顆葡萄牙魂，凝視著迷濛想望的鄉關。就像葡文詩歌裡反覆詠嘆的 saudade——對已逝之愛的追念憂思，比真實更美，亦或這莫名鄉愁的對象，從未存在過。

輯四

雙城故事

雙妹……嚜

像是走進了放映室，幽黑四壁之內暗香浮動，屏幕上巧笑倩兮的一雙儷影，簪花佩玉，胭脂猶紅，殘影裡的旗袍輪廓清晰，許是柔膩的織錦緞面，卻模糊了。黑白影像前閃爍著引路的不是走道燈，托起的香膏粉霜，引來櫥窗的彩蝶漫天而舞，一步之遙，依著女體弧線婷婷而立的香水瓶，陷進落花陣裡的唇彩鏡台，恣意嬌嬈。

「我們是上海老品牌，一八九八年創立的。」

像是要標榜品牌的復古，商標上打的是繁體的雙妹二字（微妙地脫離了代表人民共和國體制的簡體「双妹」。不論是昔日租界還是今日的貿易特區，上海這城市總能在各路帝國和資本勢力交鋒下，找到緩衝之地），如同那三〇年代裝束、笑得如此無邪的雙妹，回到看似無憂無慮的老上海黃金年代，外頭世局怎麼亂、中國跟日本眼看要打起來了，上海總是風花雪月、歌舞昇平，準會沒事的。

這個品牌我認得。曾在翻閱近代史料之時，於《良友》、《玲瓏》、《申報》

等報章雜誌看過它的廣告：早期黑白照片裡晚清伶人般嫵媚而雌雄難辨的形象，經過月份牌名家鄭曼陀、關蕙農、杭穉英的畫筆轉化，益發花團錦簇、嬌婉豐腴，或是臨水照花，或是春遊踏青，或是體現摩登都會生活——身邊總少不了花露水、爽身粉、牙粉、髮油、面霜……

說是上海老品牌，可它的源頭並不在上海。一八九八年廣東人馮福田在廣州販售化妝品，之後赴香港發展，他當洋行買辦期間習得配藥知識，並建立相當的人脈，遂於一九〇五年創辦廣生行，五年後正式註冊，成為第一個華人資本的化妝品公司。十九世紀末的香港，已然為一大轉運樞紐，馮福田於此目睹昂貴的舶來品進進出出，看準了本地化妝品的市場，估計買不起奢華外國貨而嘆息的仕女們，會對他的平價優質品牌「雙妹嚜」（粵語嚜頭或嘜頭是翻自英語[trade] mark／商標，等於說雙妹牌）青眼有加。廣生行確實生意愈做愈好，很快在漢口、天津、南京、上海、北京都有分店，產品亦銷至南洋各地。

一九〇三年，雙妹來到上海，數年後將商鋪遷至寸土寸金的繁華商業大街南京路，足見馮福田那些環繞著月份牌美女的護膚、妝容、居家用品，開始打入上海消費者的心裡。三〇年代是雙妹鼎盛時期，成功的廣告行銷與多元產品使得雙妹風靡滬上，於是廣生行於滬設廠生產，之前香港製造、銷往上海的模式，成為歷史。

關蕙農，廣生行月份牌畫，1933。

「我們現在也做珠寶配飾跟皮件，您可以這邊看看。」

上世紀的雙妹賣的也不止香水化妝品，高峰期產品高達三百多種：眼鏡盒、牙膏、果汁、調味料、暈船藥丸、各種藥水、白鞋帽粉都有，也不止賺女人的錢。馮福田這條跨足美妝和家庭雜貨的路線，新雙妹顯然沒看在眼裡，價位也不再是平民百姓可及（甚或比一線名牌更高貴——單就價格而言），它鍾意於精品市場，迷醉上海灘曾有、亦或應該要有的風華。

踏出陰暗的保養品彩妝區，遠離那兩個上世紀幽魂的凝視，我從明豔而著意旖旎的桃色休憩間回望，那兩盞巴黎跳蚤市場找來的古董吊燈，襯著背後櫥窗透出的和平飯店迴廊，呼應延伸而去的裝飾藝術風格，一氣呵成——花了大錢找法國人來打造旗艦店空間，或許沒有白費。但是這家為香水世家嬌蘭（Guerlain）、紀梵希（Givenchy）、時尚頑童高緹耶（Jean-Paul Gaultier）、加利亞諾（John Galliano）、老牌的 Burberry、浪凡（Lanvin）等設計香水瓶、彩妝盒和保養系列，做專櫃、精品店和護膚水療中心空間規劃的設計公司，是否能讓上海雙妹也改頭換面，矜貴地步入名品之林？陳列台上那「疑香奈兒風」（若不說山寨……）的珠鏈與首飾，在流線與古雅間搖擺不定的皮包，透露了對風格的想望，卻失之交臂。而四款描繪海上閨秀食衣住行的絲巾，找來以花布運用聞名、自台灣傳統文化尋得不少靈感的新銳設計師，但這組帶有 Ferragamo 色彩的絲巾，可謂他不甚出色的作品。

穿衣鏡前的專櫃小姐手持絲巾，頻頻促請——試一試，很好看的。該怎麼把東方明珠、百樂門纏在頸間或肩上？我幾乎是倉皇地逃回化妝品那頭去。方才沒仔細端詳，那些瓶瓶罐罐看似佳麗寶或 SK-II（反正都東方嘍），多了個 Anna Sui 般異國卻怯於大膽冶豔的鏤花帶環，頭頂著像是 Q 版又沒那麼俏皮討喜的旗袍雙姝 logo。這不是法國人的設計，它們出自與上海甚有淵源的蔣家後人之手，而與設計公司老闆沒有血緣關係的曾祖母蔣宋夫人，或許最是接近該品牌亟欲塑造的海上名媛典型？

據云當年馮福田以一支花露水配方起家，但這店裡已無花露痕跡。小姐說現在做香水，是法國調香坊的作品，那幾支從張愛玲身上找名字取的香水，端的是時下流行的輕薄甜美香氛，別處亦容易聞得到。我終於試了小姐大力推薦的明星商品粉嫩膏，說是得過金獎，「我們在一九一五年的巴拿馬賽會拿了獎，產品在巴黎也很受好評的。」我問了，那麼配方還是百年前的得獎配方嗎？小姐說，我們把那個配方提升了，更優質化，高科技化。

一九一五年巴拿馬運河完成，在舊金山舉行太平洋巴拿馬世博會以示慶祝，雙妹參會得獎消息傳來，民國總統黎元洪題詞「材美工巧，盡態極妍」賀之，想來就算沒有舉國歡騰，能擊敗洋貨增長的民族自信，還是可觀的。關於歐洲大陸傳回的捷報，在香奈兒與嬌蘭都精銳盡出的二、三〇年代，巴黎仕女們為《香奈兒五號》（Chanel No.5）、嬌蘭《一千零一夜》（Shalimar）、《夜間飛行》（Vol de Nuit）瘋狂之時，雙妹能於花都引起若干關注，委實了不起，是否只限於小圈子已不重要，在國內總要大肆宣騰，說巴黎人也喊「美哉（Vive）雙妹」呢。

穿越那兩列清冷的名品店面，我在飯店口面著南京東路的咖啡座歇下。這條路底兩頭原先都是英國人沙遜（Victor Sassoon）的宅第與辦公樓，現在各由不同外資企業經營管理；這家打著上海大亨沙遜名號的咖啡館生意不差，裝飾藝術的英式殖民風情，又別是一番老上海。稍早空手走出雙妹旗艦店，那貼心伺候的小姐失望滿溢於色。不是我對老上海風情冷感，或是於當世的時尚毫無所動，但在上海沉睡半世紀後醒來的雙妹，拼貼出來的新舊交織、華洋雜錯的「嶄新」面貌和內涵，火候拿捏尚失穩當。依稀照見那黑白雙妹笑靨的旗艦店另外一壁，是鮮麗逼人的新世紀上海美女，漆髮盤髻、朱唇含春，貴氣得身後那兩位「原雙妹」都顯得寒素了。而這新海上名花，是兩位台灣模特兒。

上海雙妹沉睡的這數十載，香港雙妹始終都在的，或被喚做雙妹嘜，或是雙妹嘜，幾經集團併購轉手，平價的路線跟配方少有調整；花露水跟雪花膏依舊是本地

創始於 1898 年的香港廣生行。

人和台灣日本遊客都鍾愛的暢銷品，只因它留住了不管是「老香港」還是「老上海」的懷舊氣氛。上海的廣生行廠子在幾番流轉後，併入上海家化企業旗下，與香港共享的得獎配方、名家月份牌廣告，亦掌於新東家手中；提到香港的姊妹，上海雙妹總勢利地撇著嘴，說香港生產那個便宜粗糙的低端貨，跟她沒法兒比的。

裝修數年趕在二〇一〇上海世博重新開幕的和平飯店，拉拔著設於自己腹內的雙妹旗艦店，見證了上海雙妹的「盛世復興」，以及隨著品牌更新而重現江湖的「盛世名媛」。當年人民解放軍入城，解放了上海由盛而衰的城市文明，曾經的名媛捨了雙妹，跟著人民煉鋼、躍進、文革。改革開放，上海再度崛起，這段歷史就此沒入黑暗——若說上海重生，回頭再擁抱資本主義的老路，那麼中間這一段豈不是白走了？不提也罷。新雙妹高調問世，渴求豪奢，重塑的品牌歷史回首流金歲月的三、四〇年代，然後就跳到二〇一〇年的盛世，**Vive Shanghai**（美哉上海），**Shanghai Vive**（上海鮮活——這是上海雙妹註冊的外文商標）。品牌當然要回溯到一八九八，更古老，根源出了上海也無妨，反正香港現在是中國的，上海說了算嘿。

黃粱一夢，咖啡已冷。窗外走過一個洋裝女孩，踩了五吋的高跟，趾間開出碗口大的緞帶鮮黃扶桑。她在兩個台灣名模撐住的雙妹半邊天前停住，看了廣告版一眼，揚長而去。

（上）整修後保留時代風格並帶有新穎感的和平飯店中庭。

（下）雙妹旗艦店旗袍裝束的雙妹喚起品牌發跡走紅的年代。

雙妹雙生

據說香港廣生行創辦人馮福田開業前夕，夢見天使報喜，透露如以雙姝儷影的形象經營產品，必然致富；一說馮氏於香港中區巧遇兩位少女，白衣翩翩，他心裡一動，公司品牌遂定為「雙妹嚜」（語同雙妹牌）。傳說真偽早不可考，誰有機會詢問已經作古的馮福田本人，這生意經打得可精的藥妝雜貨大亨，肯定還能提供另一版本天官賜福的神奇故事，對於走過長久歲月的品牌來說，傳奇色彩可不是愈濃厚愈好？

「要花露水嗎？這香港老品牌，到香港一定要買，別處找不到的。」藥房夥計很熱心地招呼著。那幾只細長的花露水瓶置身滿壁低矮的各色活絡油、平安膏、垃圾草油、保心安油之間，顯得有些侷促，瓶身復古的旗袍雙姝標籤，倒是跟其他充滿古早味的藥瓶盒封相處融洽。

花露水此刻擱在鋪滿參茸海味的櫃台上，等人惠顧。原始商標的兩位清裝女子縮到瓶口去了，鵝黃的玻璃樽心口透出杭穉英繪製的月份牌局部，身裹白底印花鑲滾旗袍，翡翠珍珠長墜隨步而搖，從無邊春色的園裡歸來的一雙儷人，捧花盈盈而笑。這個包裝比起祖母輩在老香港老上海用過的雙妹，少了幾分質樸羞澀，標榜的「復古」是以幾分現代感去烘托凸顯的，商標上驕傲地打上驗明家世的 Since 1898——自然是之後加上去的。

馮福田看準的平價化妝品市場果然商機無限，為他賺進天使們允諾的財富，雙妹於二十世紀初期便站穩了上海、香港的大舞台，銷售點遍布全國，儼然是華人美妝第一品牌，有自己的美術和印刷部門，設計與生產專利註冊的產品玻璃器皿，並印製標籤和宣傳品——廣生行注重產品包裝與行銷，可見一斑。在月份牌廣告當道的年代，雙妹形象毫不費力地化為嬌豔的月份牌美人，深入人心，無怪品牌在新世紀重新定位，懷舊記憶的核心，依然是月份牌。寫下雙妹月份牌傳奇的名家，主要是同為廣東人的關蕙農，以及滬上頂尖的杭穉英。號為香港月份牌之王的關蕙農，為雙妹嚜設計商標和多幅月份牌，畫風清麗婉約，人物飄逸若仙，筆下的女子造型多變，或闊袍寬褲，或薄紗褶裙，或是燙了洋娃娃似的卷髮，亦或剪了時髦俏麗的短髮，充分表現時尚與審美觀的演變。杭穉英的女性愈發豔麗豐腴，飽滿的肌膚色澤與肉體美躍然紙上，顯現西方影響的新美女形象，他的旗袍二美成為雙妹經典，衣衫下透出的渾圓胸腺甚或乳部激凸，映上兩姊妹含蓄雅逸的笑顏，別有意趣。

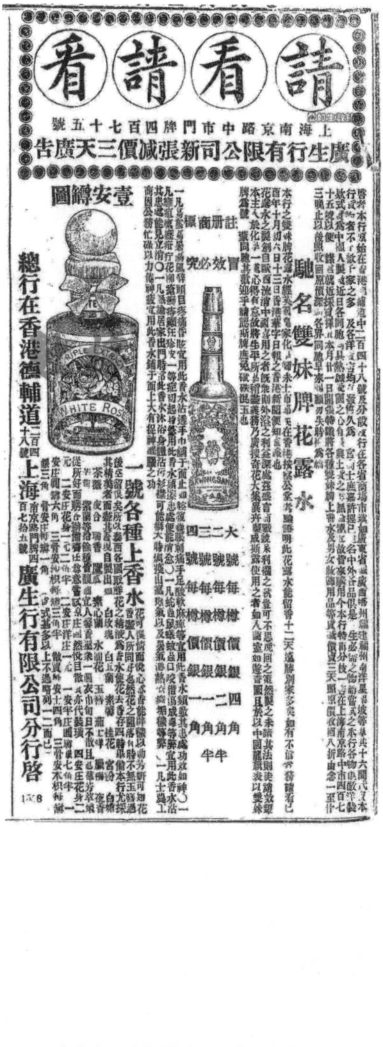

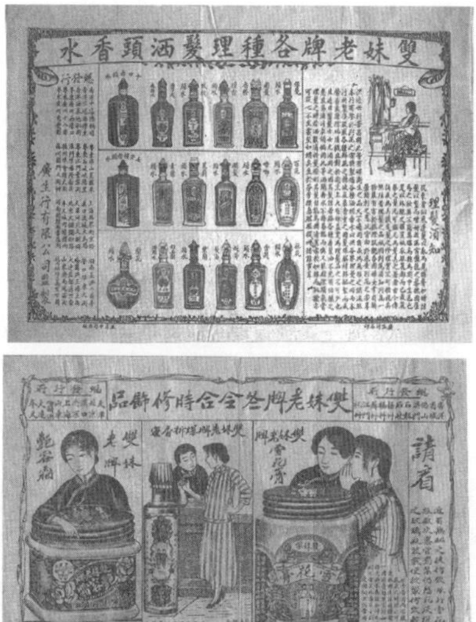

（右）刊登於上海《申報》的廣告（1910.4.29）。

（左上、下）廣生行印製的各種髮用古龍水、花露水雪花膏廣告。

雙妹的命運亦隨著動蕩的時局飄搖。由上海、青島延燒至全國各地，因抗議日本棉紗廠凌虐工人、租界英國巡捕向示威群眾開槍而起的五卅運動（1925），以反帝國勢力而帶動對舶來品的抵制，雙妹出品的雪花膏，終於頭一次超越競爭對手的英國夏士蓮（Hazeline）；廣生行並不滿足於做為舶來品的替代，積極拓展各層客群並擴充產品種類，遂造就雙妹於滬上的黃金年代。一九四一年在香港上市的廣生行，是當時知名藍籌股，然而太平洋戰爭爆發後，灣仔的貨倉為日軍焚毀、店鋪被侵占，戰時的艱難，也使得化妝品消費大為縮減。上海的風光在三〇年代的高峰後開始走下坡，香港總部於一九四七年再投入資金，企圖振興上海分部的業務，面對政府腐敗和通貨膨脹，三億法幣終究成了杯水車薪，無濟於事。中國新政權成立，上海和香港的雙妹於是斷了聯繫；二〇一〇年，沉寂了數十年的上海雙妹，隨著世博開展高調復出，以「雙妹」和「Shanghai Vive」之名登記註冊，一直都在的香港雙妹，早已登記「雙妹嚜」，英文名為「Two Girls」。

我躊躇著，不知怎麼告訴那殷勤的夥計，花露水我已經買好幾瓶了，惱著專賣店的價格比藥房貴了二三成——到底跟藥品消毒劑放在一起的雙妹嚜，比起放在化妝品櫃頭賣的，身價硬是不同。藥房裡找不到專門店賣遊客的月份牌提袋、拼圖、筆記本、明信片、懷舊版香罐粉撲、前一代清裝袍服的迷你花露水瓶，但雙妹嚜走過百年留下的「四大皇牌」花露水、雪花膏、爽身粉、護髮油都有的，藥鋪夥計大約不曉得它們的來歷，專櫃小姐可告訴我，「我們的配方沒有改。之前在國外得獎的雪花膏，還是一樣的產品成分。」（比起上海雙妹大肆宣傳一九一五年在巴拿馬賽會拿到金獎的「粉嫩膏」，它顯得格外低調。）

雙妹嘜的味道，在香港友人們的記憶裡，就如明星花露水於我們一般親切。每家長輩妝臺上總有瓶花露水，要滋潤乾裂「爆拆」肌膚，少不了雪花膏的玫瑰香息。二〇〇三年 SARS 襲港，造成前所未有的衝擊，雙妹嘜的銷售亦大幅下降，後因顧客買花露水噴香消毒，反以旺市收場——與明星在台灣抗煞期間的小陽春，頗有異曲同工之妙。於悠遠歲月裡二度流轉的廣生行（後稱廣生堂），自九七後歸於華人置業旗下，新的經營者對品牌有新的期待，似也不願止於小陽春。專賣店開在銅鑼灣、太平山頂的商場，打著「香港心意，地道賀禮」的旗袍雙姝，巧笑倩兮地慫恿觀光客帶個伴手禮回去。最具懷舊賣點的四大皇牌，依舊是百年流傳的老配方，做為老品牌的重要資產，吸引正在凋零的老主顧及與日倍增的遊客；另一條路線經營的保養彩妝系列，則與瑞士廠商合作，企圖籠絡年輕族群。

分隔逾半世紀，香港和上海這一對雙妹愈發展現不同的性格。擁有雙妹滬廠的上海家化，在成功推出幾個居家衛生、平價美妝護理的品牌之後，野心勃勃地上望奢侈品市場，在企業的眼中，沾染了老上海風華的雙妹，應是最佳的代言人。於二〇一〇年重新推出的上海雙妹，儼然是個煙視媚行的交際名媛，定價以香奈兒、迪奧這樣的一線品牌做基準，沙龍般的專賣店是法國設計公司的作品，產品也要像名牌一樣跨足珠寶配件的精品業。她自然也要 Since 1898 的金字招牌，卻不在乎那些古老的配方。人要與時俱進的，她這麼說。於是餐桌上都吃不夠的白松露，給她放進了保養品裡。

兩個雙妹，兩種身世。上海那周旋在政商名人之間，闖蕩浮華世界的妹妹能否順利嫁入豪門，還在不定數。香港的長姊出於平民百姓之家，喝了一點洋墨水，卻未嫌棄給她無限支持的小家碧玉們，新系列的瑞士保養品，價位要比十分實惠的懷舊產品尾數再多一個零，而比起當今化妝品一般售價，算是平實的。這點上海雙妹肯定知曉——據說新品牌推出之前，公司代表兩度到香港考察，眼見雙妹嘜本店從銅鑼灣時代廣場搬到不起眼的小鋪子裡，販售「神韻盡失」的低端低價產品，更決心重新打造雙妹，尋回老上海風情。並立的香港上海雙妹，品牌路線（對上海雙妹而言）多少是衝突的，一度傳出上海家化想併購香港雙妹嘜，統一品牌，之後又言並無收購之說，上海家化表示希望與香港方面進行合作，只是尚未接洽合作事宜。

想來兩個集團對於「統一品牌」尚無共識，於是雙妹的雙城故事會延續下去，

（右）銅鑼灣附近的雙妹嚜專賣店。

（左）花露水一般藥房就有，這麼齊全的戰利品只有專賣店搜羅得到。

回顧香港百年殖民史，對自己的命運很難做得了主的香港人，對雙妹嚜是說得上話的。不戀棧上海灘風華的雙妹嚜，以香港化妝品最老字號作為號召，勤於在地耕耘，回溯十九世紀末，十幾歲的馮福田從沿街叫賣、開店、自創品牌到成就一方傳奇，緬懷老一輩勤奮、刻苦、靈活、進取的「香港精神」。買伴手禮的遊客大約聯想不到香港精神，對本地人而言，很難說消費的是產品還是本土意識，而這個懷舊的氣氛，是否亦感傷著成為金融投機重鎮的當代香港，失落了早期開拓者吃苦耐勞、白手起家的拼搏毅力？

雙層巴士經過銅鑼灣，從高處看下去，依舊是滿坑滿谷的人潮。踏進環形商場，電扶梯前的長頸鹿廣告牌，好奇孜孜望著鄰近那座擦得晶亮的販賣機——小包裝的雙妹嚜香膏髮油，止汗劑，花露水濕巾，環保筷。而我也像多數行人，稍一駐足即又匆匆而去，沒有留下來，看那彈指之間，隨幾個銅板叮咚、刷卡嗶嗶，落下的人面桃花笑顏。

有點花露水

在上海超市看到有幾分熟悉、卻又如斯陌生的瘦長綠瓶，心裡一動。同樣是花露水，包裝相對地樸素，花樣卻著實多，一整架的清淺亮麗，從蔥綠、晶碧到藍綠的勁涼、止癢、健膚、驅蚊花露，標籤上頭寫著六神。

我心裡所想，是我們媽媽那一代妝臺上總少不了的——更幽深的墨綠香瓶，玫瑰蘭堇簇拱的心形舞台，瓊瓊而立的粉衣白鞋少女，稍帶靦腆地拉起裙角，是預備謝幕還是方欲翩翩起舞？她光裸的臂膀如雙翼般張開，背後星光燦爛。圓瓶轉到後邊，是一片更深邃無垠的夜空，斗大一顆明星，心子裡現出四個字——愈陳愈香。

這明星花露水也不知是算矜貴，還是不。媽媽自己用總是很吝惜，腕上、鬢邊、耳後輕點一點，多一滴都不成，怕人要說話的。用在我們身上，天熱起痱子還是蚊蟲咬了，瞧媽媽花露水一開栓就倒，仔細擦滿整條胳臂、整片後背，慷慨得不像她慣常用的同一瓶，不小心沾上枕席，也無所謂。那幾乎要刺痛的沁涼，直讓炎夏的燥癢黏膩都給忘了，童稚的心殷殷期待，下次什麼時候還可以擦花露水。

櫃頭的明星，逐漸為一瓶瓶更澄澈明媚的香水擠到角落，不知何時便銷聲匿跡了。對於它的記憶，總與母親的氣息相依，在那柔潤而易感的童年，刻痕尤深，即使為時短暫。已成為某個年代共同記憶的明星花露水，如此貼近我們日常生活，從沒懷疑過它不是同我們一般，在台灣土生土長；未曾想過標籤底印的出品廠商，原是上海四馬路（今福州路）的中西大藥房。

明星於上海灘初次登台之前，風靡滬上的早有他人，是香港的雙妹和紐約的林文煙兩個品牌。既云花露，必得之繁花精萃，卻不是古籍所載，蒸餾瓣蕊的花水或純露——譬如柳宗元讀韓愈詩文前，淨手薰香所用的薔薇水，或《紅樓夢》裡尊貴的「玫瑰清露」（賈寶玉為嚴父毒打所傷，王夫人取來給他行氣活血的玫瑰露，盛在晶瑩三寸瓶中，封以螺絲銀蓋鵝黃簽，分明是宮裡來的珍品，一碗水裡挑上一小匙即芳香撲鼻，可見其濃醇）。晚清以降風行的花露水，以酒精調和香精，更近於西方現代香水的概念，等級約莫是古龍水（Cologne，一般含香比例三—五%，酒精度約七〇%），比之高濃度的香水（Eau de parfum，一二—二〇%）、香精（Parfum，二〇%以上），縱遠不及其花心綿密幽深、雍容自持，自有一股率性而發，無所拘束的魔性魅力。

說來花露水總沾惹了華洋交雜的塵埃，氤氳出既舶來又在地的氣息。一九〇三年進入上海的雙妹，出自早年於香港洋行任買辦的馮福田之手，雙妹花露水的誕生，與馮受過英國藥劑師調教、經手外國藥妝進出，大約是脫不了關係。紐約 Lanman & Kemp 公司的 Murray & Lanman Florida Water 始於一八〇八年，十九世紀中葉隨著殖民擴張而行銷世界，亦是最早來到中國的歐美化妝品牌，一八七〇年代已經銷至上海，毫不費力地由 Lanman & Kemp 化為「林文煙」——仿若香味散逸如煙，留下的幾許悵惘，在這溫潤典雅的譯名裡依稀可聞。外來的 Cologne 或 Florida Water（繁花之水）歸化為「花露水」，不管喚起的是韋莊的「柳煙輕，花露重，思難任」，還是歐陽修的「花露重，草煙低，人家簾幕垂」，不只香息，無邊春色與相思之意，一併進了瓶裡。

一九〇八年，執掌中西大藥房的周邦俊研製出新款花露水，明星上市，很快改變林文煙和雙妹稱霸上海灘的局面。明星一炮而紅，產品內涵與周邦俊富於行銷巧思，當是不無關係：從綠色玻璃瓶裡流瀉而出、迅速揮發的芬芳晶液，仿若帶著每個女孩飛上枝頭為鳳凰的夢想，又不像其他品牌，沾了衣裳會留下黃色水痕。據說周邦俊為打響明星名號，於四馬路上灑了三天三夜的花露水，這般促銷手筆，定要讓人印象深刻的；更不消說他租下跑馬場四面外牆，大打明星的廣告；一九三三年上海《明星日報》舉辦電影皇后選舉活動，胡蝶、陳玉梅、阮玲玉爭妍的場合，明

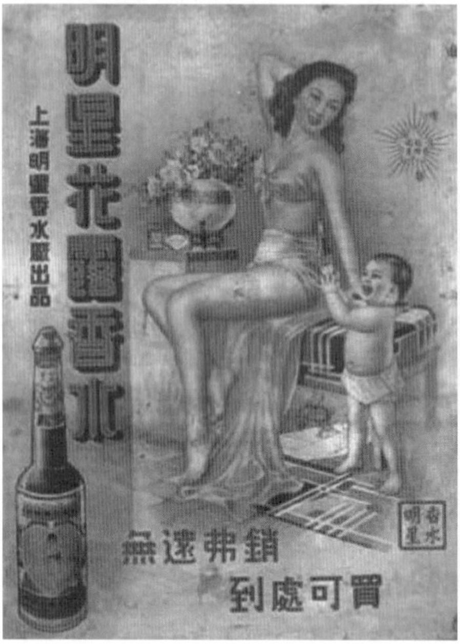

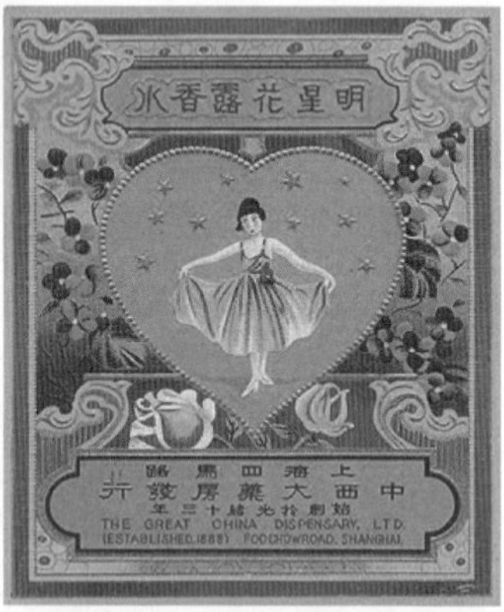

（左上）早期明星海報。

（右上）上海時期的明星瓶身商標。

（下）紐約 Murray & Lanman 廣告海報，1881。

星花露水一定不能缺席的，否則可不是錯失了「明星贈明星」的話題性？

福州路上的中西大藥房原址，如今早換了商家，而這號為文化街的福州路，書店一家一家地關，零星雜著幾家書畫文具鋪子，無精打采地，每回兒去逛，總覺文化氣息一年不如一年。沿路西去，里弄拆了不少，高樓一座座興起，早不復昔日燈紅酒綠的記憶——這裡當年在上海灘豔名遠播，說起四馬路清和坊、尚仁里、薈芳里、會樂里，日暮時分，書寓堂子口的門燈一盞盞亮起，龜奴扛著倌人出堂會的畫面，歷歷在目。那時周邦俊在四馬路街口，連三日夜豪撒花露水作宣傳，這頭可有所聞？我想起侯孝賢《海上花》那深邃無垠的鏡頭凝視，幽禁在鴉片榻上、菱花窗下的男男女女，剔了燈的角桌一碗清茶，暗垂淚；穿過低垂簾幕，大洋鏡自鳴鐘前，宴客後的狼籍杯盤收了，換上一盅素果，一顰一笑間，燭火暗去。那難分晝夜幽明的廳裡一式的長頸燈台，驀地一陣騷動，娘姨擠到弄堂口看，從來不開的窗扉露了一條縫，倌人們探了頭品評，相好的搶了帕子聞，點頭說就這味道，亦有的說明星濃豔，不若雙妹淡雅。

一九二九年，中西大藥房的化妝品部自立門戶，成立明星香水肥皂廠，由周邦俊之女周文璣掌管；經營手腕不亞於乃父的周文璣，大力擴充公司業績，極盛期員工達數千人，產量超過千萬瓶。站穩了大上海舞台的雙妹、明星以及其他急著要分杯羹的小品牌，讓花露水融入上海語彙裡，「有點花露水」就是有能耐的，畢竟要有點本事，才能確保家裡「花露水鑾足」，出入十里洋場「有腔調」，夠體面。

一九四九年，國共內戰大勢已定，周家財產於新政權下充公，後周文璣以結束香港倉庫為由離開上海，輾轉由港抵台，身上僅有一只皮箱和明星花露水的配方。她與先前至台灣設立分公司的幹部們，決議重新開始，未幾，一箱箱打著「反共抗俄，增產報國」的花露水爽身粉熱銷全台，於一九六〇、七〇年代達到高峰，我們阿嬤、阿母人手一瓶所留下的嗅覺記憶，於今猶新。明星漸為進口香水所取代，卻沒有從市面上消失：它安靜地躲入環境衛生的區間，成為浴廁清潔除臭良品；成分上接近七五％消毒酒精的濃度，也讓它於 SARS 風行之時，意外找到消毒殺菌的生路。這和上海老克臘說的「有點花露水」或非一般意趣，但這花露水委實不能小覷，可不是？聽留美友人說，與中東同學餐敘飯後招待的芳香烈酒，愈喝愈讓人納悶，似曾相識卻一時想不起。直到瞧見他們從熟悉的綠瓶倒出、以冰塊稀釋的汁液，方才恍然大悟。

「這寶貝是你們榮工處朋友送的，說在台灣當香水用。」據云擁有王子頭銜的同學眨著眼這麼說。讓我方人員於禁酒的回教國家得解酒饞，得拓外交，真要感謝明星含的是食用酒精。

在上海，接收了雙妹和明星（卻與明星配方失之千里）的上海家化，好一段時間「花露水蠻不足的」。改革開放以後，花露水同樣面臨舶來香水競爭而式微，直到九〇年代，上海家化推出中草藥為訴求的六神——這並非「六神無主」，而是冰片、黃柏、薄荷腦、珍珠粉等六味清熱解毒、祛痱止癢的中藥——取法以酒入藥的古醫理，以調理肌膚的功能性花露水再度打動消費者，寫入上海人炎炎夏日擦涼蓆、冷泡浴、冰澈膚的記憶裡。六神的花露水家族隨著生意好而繁衍，艾草、防風、積雪草等益健潤澤的藥材，喚出一瓶瓶貌似神異的兄弟姊妹，讓我在超市裡目睹了玲琅滿架的盛況。功效之外，它還想望時尚的香氛市場，引進香水繁複的三段式消長，好整以暇形容自己前、中、餘味的起承轉合——刻意地丟下引人遐思的「尼羅河睡蓮」、國際頂尖調香等廣告字眼，曖昧地勾上愛馬仕、CK的精品香水，搔得人心癢癢（而它應該要止癢的）。其實味道不像，更好，名牌不會來找麻煩，消費者不會為那庶民的價錢過不去，下個夏季又有新品問世，這點恩怨早忘了（其後與知名品牌合作推出「一口驅蚊，兩口入魂」的花露水風味雞尾酒，則是後話了）。

始終如一的台灣明星與百花爭放的上海六神，終究走上歧路，卻不約而同離了「有花頭」的奢侈品圈子，進到庶民生活裡。在那些個逼死英雄好漢的動盪時代，總是無情被碾過、復以無比韌性熬過來的千千萬萬黎民眾生，畢竟才最「有點花露水」。

寫作期間收集了四款花露水，分別為明星、港版林文煙與美國原版 、香港雙妹嚜。

由淺水灣往戰地行

那是個火辣辣的下午，望過去最觸目的便是碼頭上圍列著的巨型廣告牌，紅的、橘紅的、粉紅的，倒映在綠油油的海水裡，一條條，一抹抹刺激性的犯沖的色素，竄上落下，在水底下廝殺得異常熱鬧。流蘇想著，在這個誇張的城市裡，就是栽個跟斗，只怕也比別處痛些，心裡不由得七上八下起來。

張愛玲，〈傾城之戀〉

在〈傾城之戀〉裡，白流蘇抱了破釜沉舟的決心，由滬抵港豪賭一場，誓言釣得眾人覬覦的金龜婿。她的香港初印象，無非要為心境染上各種刺激性的色彩，開戰前暗暗廝殺個沒完。從鬧區翻山越嶺到港島之南，顛簸一路的流蘇，終於見著藍綠色（而不犯沖）的海，明媚的淺水灣，主戰場。

海明威的打字機

我亦多次隨著中環出發的雙層巴士往淺水灣，穿過街市古廟、綠草如茵的跑馬地、各色人等宗教混雜的墓園，疾行於狹窄蜿蜒的濱海公路，驚心動魄處，幾要貼著山壁而行，任一窩蠻著腰肢橫不稍讓的樹枒劃頂而過，一個急轉，又像要衝出黃土崖紅土崖，掉進泛著美麗顏色的熱帶海洋。能於這般險路毫不在意高速行駛，也只有香港的大巴駕駛，個個功夫了得，讓人安穩抵達目的地時，更覺生之喜悅。

造訪淺水灣，似乎總在陰沉的午後。暴雨之後，南中國海再不見原有的藍意，翻騰濁浪盡頭，仙山一座座，漸次升起。目送渡船漸行漸遠，海天之際，一層亮似一層；日暮了，方才亮起的瞬時暗去，雲破天開那一角驀地映上一抹腥黃，殘紅盡了，一點點潛進比海更深邃的夜。

穿過夜幕向天空綻放的那朵百合，出自建築名家福斯特（Norman Foster）之手；這一頭的得獎設計，是拆了昔日的淺水灣酒店，原址上蓋起波紋狀高級公寓，挖空的心口，透出一方山的蒼綠。充滿殖民風情的二層露台餐廳和商場，仿照原酒店迎賓門面重建：穿過椰影花陰，西班牙噴泉，登上圓裙般開展的大迴旋梯，回首一望，格狀遮陽棚下的海，已籠進煙塵裡。

蓮花燈，竹酒吧，頂上懶洋洋轉著裝飾風扇，玻璃櫃陳設的銀餐具，鏤花茶罐，東方獵奇旅遊書，好萊塢影星的笑顏。殘存淺水灣酒店記憶的長廊另一端，還有一部海明威用過的打字機。

文豪夫婦的亞洲蜜月

一九四一年二月，海明威與第三任妻子瑪莎．葛洪（Martha Gellhorn）抵達香港，準備前往中國內地。儘管淺水灣酒店過去亦接待過蕭伯納、毛姆等文豪，如海明威夫婦這般星光熠熠的組合，真是不多見：富於正義感和冒險精神的葛洪，是優秀的戰地記者，以文思敏捷、觀察入微著稱，素有才貌雙全之名；剛於前一年發表《戰地鐘聲》（*For Whom the Bell Tolls*）的海明威，聲望與銷售量都持續上昇，遂讓他走入《戰地春夢》（*A Farewell to Arms*, 1929）之後，睽違已久的另一波高峰。海明威與葛洪相識未久，即相約至西班牙採訪內戰，戀情迅速升溫，他第二段婚姻於是告終。一九四〇年底，海明威辦妥離婚手續迎娶葛洪，預計回到古巴的寓所悠哉一陣子，新婚的妻子卻提出更另類的蜜月主意。葛洪執意前往兩人都不熟悉的亞洲，採訪中國戰情，不是特別熱衷的海明威，終究被說服同行。

在香港，他們樂不思蜀。日軍進逼下成為孤島的上海，光芒逐日黯淡，它在南方的姊妹城市與對手，則愈加散發惑人光采——隨著戰亂大量湧入的人口與資金，儘管為香港帶來不少問題，卻也讓它在歐戰陰影與隔岸的中日戰火夾縫中，享有從所未見的繁景。海明威縱情飲宴、社交、打聽新聞八卦，在量淺的葛洪從聚會中先行告退時，總不忘調侃，說她要探城市的脈動去了。停留香港一月餘，中環、跑馬地、高級餐廳、名流歡聚的場子，自然少不了他們的身影；窄街勾攬芳客的流鶯，暗夜中提糞桶（夜香）的痀僂老婦，血污裡打滾的霍亂傷患，鴉片窟骨瘦如柴的癮君子，往來填煙管、任人猥褻的小奴婢，也深入他們記憶。

有一回他們來到新界，望向一水之隔、鐵絲網劃開的邊界（若是今日，從鄉野風光濃鬱的新界看高樓處處的深圳，宛如另一個世界的海市蜃樓），葛洪想望的戰區，只是一片燒焦的村莊，休耕的田地，鐵絲網上吊著村民晾曬衣物；可以看見他們丟骰子、玩牌戲，矮個兒日本兵無精打采地盯哨。之後，海明威夫婦進入兩軍對峙的廣東前線，沒看到交兵情形可供報導；戰地司令特別為他們舉行軍事演練，部隊向模擬的日軍營地進攻，展現良好訓練與紀律、視死如歸的精神，這頭喊吶得地動山搖，更南邊真正的日軍陣營，依舊不動如山。貴賓們接著同將士觀賞了抗日愛國劇的演出，估量廣東戰區大抵如此，期望戰時首都的重慶能帶來更多收穫。

他們在香港見了宋家兩姊妹，對於孫中山遺孀的慶齡印象很好；孔祥熙夫人靄齡的黑絲絨鑽石排扣旗袍，雖讓葛洪大為驚豔，這位貴氣逼人的夫人，予她的觀感並不好。他們在重慶有機會二度訪談的蔣宋美齡，「如同最時新、最耀眼的電影明星般美麗，有著迷人的雙腿」，葛洪這麼形容。不難想像這位英語流利、深具個人魅力、熟稔媒體掌控的第一夫人，在美國演說尋求奧援，總能獲得廣大迴響。三人在第二次會面留下一張難得的歷史鏡頭：葛洪身著套裝露出長腿，對著女主人微笑；蔣夫人的花布旗袍配上緞帶繫的大草帽，看來寫意而休閒；海明威愉悅地坐在兩位美人之間，好一幅花間行樂圖。可別惹上「中國女皇」，海明威說，蔣夫人優雅地提醒他們，歐洲人還在茹毛飲血的時代，偉大的中國已經有政治文獻了。

中國三週，成果相對乏善可陳，葛洪致友人信中提到，她作為戰地記者的素養與信念受到考驗：知道說真話反而討人嫌、沒人信。挾著與白宮的良好關係及羅斯福總統的介紹信，海明威夫婦一路受到高規格接待，出入搭乘權貴才上得了的航機，在重慶借住宋子文宅邸；儘管戰時物資缺乏，接風宴席上總少不了山珍海味，喝著「與海明威夫人金髮同樣顏色的美酒」，教他們如何嚴詞批判以報主人盛情？縱使對蔣宋家族領導的國民政府抱有疑慮，對其專斷與誅鋤異己不認同，這個拿了美援誓言抗日的政權，畢竟是美國在東亞的重要盟友，兩人公開發表的文章，遂不免避重就輕。他們閉口不提在重慶見了周恩來，直到一九七八年葛洪出版回憶錄，才首次談及該次會面：「如果他牽著我的手，對我說要帶我去上都（Xanadu）的逸樂宮殿……給我一分鐘帶牙刷，我就跟他走了！」海明威夫婦顯然為周的風采才情所動，在當時卻不便公然表明。

重慶之後，他們飛臘戍，在中緬公路分手——葛洪到新加坡、荷屬東印度繼續採訪，海明威回香港。蜜月似乎結束了，他們於一九四五年慘烈離婚。

（上）淺水灣飯店原址重建的露台餐廳收藏的海明威文物。

（下）海明威在淺水灣飯店用過的打字機。

奧登與伊薛伍德：菜鳥記者中國行

一九三八年初，一對英國來的才子佳賓亦駐足淺水灣。應出版社之請東遊的詩人奧登（W. H. Auden）與小說家伊薛伍德（Christopher Isherwood），於中國訪查四個月，隔年出版《戰地行紀》（*Journey to a War*），伊薛伍德生動的記事輔以奧登富於象徵手法的詩作，共同記述兩人自港入廣州、漢口、鄭州、徐州、西安、金華、上海的火車和渡船之旅。儘管他們於香港社交圈遇到的「領導人物聰明而風趣／西裝剪裁合宜，穿著挺拔／關於一個貿易城市的規矩／他們有很多文雅寓言可敘」，兩人對這城市無多可言。對奧登來說，中環的匯豐總部大樓似乎道盡了香港：「我們的銀行家在東方豎立／一座適於喜劇繆思的聖殿……各人自有人生丑角戲演／縱然人生既不討喜亦非遊戲。」停留十多天後，兩人離港前往廣東。

這對從未遊歷「超過蘇伊士運河以東」的菜鳥戰地記者，作夢般地興奮上路，如窺伺鏡裡乾坤的愛麗絲——一到中國，就醒了。（「如果我們是真詩人……無疑會攜手歡笑而行，在原野中為彼此編織野花冠。但我們如此混亂而物質主義……」伊薛伍德如是說。）如同海明威夫婦，他們也給人四處帶著應酬，興致盎然看著宴席上的水彩道具：像畫筆的筷子，如色盤的醬料小碟，好似洗筆水的茶碗，居然連擦筆（筷子）的抹布都有！儘管陪伺陣仗不如海明威夫婦的豪華，偶爾領路的人會吹噓，說他們跟英國國王很熟，而愈被待為上賓，也愈看不到前線：最接近的戰場是躲空襲的時刻。他們想採訪八路軍、新四軍總沒機會；終於貼近烽火線的一次，在城陷之前被送回來；迎賓活動不乏精心打點、陣容堅強的日軍暴行控訴團，奧登說像村民唱詩班。

他們覺得孔祥熙讓人想起巴爾札克；瘦高的杜月笙是中國版的人面獅身，有一張像是石頭削出來的臉；蔣宋美齡與其說漂亮不若是活潑，神態自若，魅力驚人。她顯然深諳應付各種來賓之道，「隨其意志，她可以成為富有文化素養、懂文學與藝術的西化女士；討論飛機引擎和機關槍的科技專家；醫院視察官；婦女聯盟主席；或樸實、真情流露、小鳥依人的妻子。她有駭人、慈靄、俐落、殘酷的一面，」伊薛伍德寫道，「奇怪的是我從沒聽任何人提起她的香水——我們兩人都沒聞過那麼好聞的味道。」在公開場合如鬼魂般陰森的蔣介石，私底下卻是溫和害羞的人。被夫人挽著要拍合照，他在奧登的鏡頭前又僵硬起來，「如同小學生被告知要站直。」

《再見，柏林》卷首，伊薛伍德說，「我是快門打開的相機，挺被動，只記錄不思考。」他的敘事向以精準細膩、冷靜迫真著稱，追憶旅德四載見聞的《柏林》

系列，為威瑪共和後期與納粹興起之交那個迷人、無所拘束、卻又風聲鶴唳的柏林，留下不可磨滅的痕跡；不管虛構還是有所本，他筆下那些性格突出、活靈活現的人物個個讓人難忘。約莫同時期完稿的《戰地行紀》日誌，亦帶著客觀詳實中閃動慧黠諧謔的特色，對歷史人物的觀察饒有意趣；描繪戰火陰霾下的山河大地、認命而勤敏不懈的農民，悲憫中難掩抒情——他不諱言自身侷限，竭力勾勒出的中國，飄搖在西方人的遠東迷夢，以及了無詩意的實境邊際。奧登關於此行的詩作，帶著早期現代主義晦澀朦朧的風格，夢魘翻騰之中，不平之鳴似天雷而降——他自己事後看來，覺得太「說教」了。《戰地行紀》於一九七三年出修訂版，奧登在新增序文中指出，早在一九三八年，兩人的直覺都把中國未來寄託於毛和共產黨，而不是蔣介石與國民黨。「當然，我們蠢到去信服某些西方記者熱烈宣揚的那一套，說中國的共產主義大不同而無害，是一種非極權的農村民主，」他的結論是，「現實政治（realpolitik）的第一條格言，就是不論自己意識形態偏好為何，永遠不要去支持失敗者。」

魔都上海見聞錄

他們搭船至上海，首先看到外灘，「偉大城市的門廊」——但那也只是門面。把這些讓人印象深刻的高樓「丟棄於不健康的泥灘」上，遠離它們千里外的同類，正是一股「純然無情的競爭精神」，伊薛伍德說道，「最大的野獸一路推進至水畔；背後則是一夥骯髒破舊的較小房舍。」這城市裡應有盡有，或許好酒難存，但尚有足夠的琴酒、威士忌「可浮起一整隊戰艦」；要女孩或男孩，在澡堂和妓院有得找；在高級的地方抽鴉片，像下午茶一般，由托盤呈上；可以同和平飯店頂樓餐廳經理閒話歐洲皇族、希特勒之前的柏林，亦可向珠寶古董商訂製第五街、龐德街同等級奢侈品。萬惡城市裡若真感到絲毫悔意，到處都是教堂可供告解。

最終的上海之章迥異前文的疏離，充滿伊薛伍德所謂「用意良善的觀光客、自由派人道主義知識分子」的義憤與批判；畢竟，他們借住的英國大使私邸位於法租界，走出花園洋房看到的另一個世界，對比過於強烈，教人不受震撼，也難。他們在貧民窟行走，磨壞了鞋子，走過黑暗遺世的虹口、張大饑餓的眼凝望租界的閘北；特務槍響，眼前的紳士瞬時倒在血水裡；懷著淘金美夢來到上海的農村少年，拉黃包車愈拉愈窮；因上海保衛戰傷殘的兵士，只能乞討度日；於工廠惡劣環境被剝削的童工，幾年之內或是手腳變形、黴瘡上身，或因鉛中毒、肺結核早逝；比最不濟的農村更窘迫的難民營，一戶茅棚下能加蓋三層，擠進五百人，長期營養不良的孩子們，往往逃不過寒冬疫疾的劫數。

帶著訪談筆記與沉重的心，回到他們的世界。在那裡，歐洲商人會登報投訴，說難民氣味可憎，應該離開租界；公認「唯一良善的日本人」，以為轟炸廣州比軍事占領更為人道；有英國同胞建議日本人，該驅離墳塚周遭窩著的農民，免得壞了園景。

海明威么兒回憶，老爹跟他們講當年到訪中國的故事，說在廣東吃了猴腦，在上海，曾目睹警察當街槍斃人犯，路上行人往來如故，無人圍觀。

終其一生，海明威從沒去過上海。

輯五

市井風情

上海大世界

二〇一〇年十一月一日。沸騰半年的世博已於昨晚落幕，曾經車水馬龍的園區與周邊沉寂下來，出入的只剩工作人員，偶有稀稀落落的好奇遊客，點綴著清冷寂寥的周邊道路，在出入口嬉笑探著頭：「哎呀，怎麼只有我們！」才說著，旁邊搶上賣紀念品的小販，「明信片要吧？世博場館都有的，看看好吧，很漂亮的，現在很便宜的。」驀地一輛世博巴士駛過空空蕩蕩的世博大道，難道師傅沒有接到通知，今日不需上工接送遊客了？仔細一看，車裡全都是公安軍警。

還沒來得及調整的地鐵播報系統，仍然貼心地告訴乘客，在那個站下車可以從幾號門進入園區；車裡的移動電視已經開始播放依依不捨的閉幕式，感謝上海、感謝上海市民的溫情文宣；重點地鐵站的出入指揮，仍然神乎其技揮舞小旗，送往迎來每一列車。沒有觀光客手持攝錄器材，興奮地在一旁鼓噪，他們照樣上下左右旋著拋著耍旗，而這樣的表演在空無一人的月台，看了多少有些寂寞。

說世博前一定盛大開幕的大世界，到世博結束了，仍是梧桐樹影自剪清秋，客潮不來、商家冷凜的景象。曾為東南亞第一座的天橋早拆了，地標的六角西洋樓尖塔與外圍四層的古典建築，一致漆成簇新而多少有些乏味的奶黃色，除卻汪怡記、真老大房等零星幾家百年老店已經開市，放著一群百無聊賴的店員枯等客人，其他封死了的櫥窗上，「鑽石地段，旺鋪招租」的牌子都還沒拆下來。

這裡曾經號為遠東第一遊樂場，放出了「不到大世界，枉來大上海」的豪語，如此恣肆狂妄，想來也有相當才情。大世界始終帶著傳奇的色彩，跟前後兩位黃老闆不無關係。創辦大世界的黃楚九，在城隍廟前擺藥攤發跡，他腦筋動得很快（上海人說的「滑頭」），靠著中藥西式包裝與高明的廣告行銷手法，很快坐穩上海新藥大王之位，接著轉戰娛樂業（想到早期說書與賣藥結合的電台節目，這兩個行業其實挺相得益彰）。一九一七年大世界開幕，正是黃楚九與母親來到上海三十周年的紀念日，從浙江飄零到上海的窮小子，至今已經累積了巨大的財富；然而散盡千金也是一瞬之間，黃楚九晚景淒涼，於一九三一年留下大筆債務辭世，死後大世界落入青幫幫主黃金榮之手。

三〇年代的上海，予人想像無限。麗泰・海華絲（Rita Hayworth）在《上海小姐》（*The Lady from Shanghai*, Orson Welles, 1948）裡扮演的蛇蠍美人，就說在上海打過滾，言下之意她的心狠手辣、演出的那場虛虛實實的假鳳虛凰好戲，果然是上

《上海小姐》宣傳海報，1947。

海灘冶煉出來的本事；她和奧森．威爾斯在遊樂場和鏡宮裡絢爛奪目的追殺場面，隱隱影射萬花筒般璀璨與黑暗的上海大世界，冒險家樂園的縮影。牽著大人的手，迫不及待買了票進場的孩子，瞧見露天場地環遊的空中飛船，興奮的小嘴直張得合不攏；穿過十二面讓人忽高忽矮或胖或瘦的哈哈鏡，開心，樂得呵呵猛笑；那邊有弄蛇的、扯鈴的、疊羅漢、噴火吞劍、變魔術的，看得人眼花繚亂；這頭有偶戲、說唱、評彈、滑稽、黃梅、話劇；最火最時興的電影，那頭戲院一齣接著一齣放；肚子餓了、嘴饞了，各色小吃玲琅滿目，裝得進胃袋的永遠比不上進入眼簾的。

當然也有兒童不宜的。大世界正如大上海，海納百川也藏污納垢，梅蘭芳、孟小冬在這兒登過台，走江湖混口飯的藝人也比比皆是，賣笑、拉皮條、耍流氓的大有人在，吃喝嫖賭，要啥有啥，缺錢，銀行就在隔壁。夜晚的大世界霓虹繽紛綺麗，神仙與妖魔共舞，捧紅了多少名角，也藏匿多少檯面下的勾當。滬上名妓在此獻藝，演出「群芳會唱」，錢撒得多的大亨名士，看到的自然與小老百姓多有不同，大世界樓閣一層翻著一層而上，愈到上層說是愈香豔刺激，令人銷魂蝕骨的所在。攀到高峰，金山銀山也敗得一個子兒都不剩，回到地面最近的路，就是從樓頂一躍而下——絕不寂寞的，已經有好幾百人這麼做了。

在上海灘呼風喚雨的黃金榮，於新中國成立之後，銷聲匿跡一陣子。一九五一年鎮壓反革命，一張黃金榮清掃大世界街頭的照片傳遍海內外，要改造八十餘歲的老人加入勞動人民的行列，未免辛苦了；在香港的杜月笙，不禁慶幸自己沒有留在上海。大世界於七〇年代曾改為「上海市青年宮」，作為文藝青年的培養基地——緬懷這個地方有量能容與龍蛇雜處的過往，倒是提供了豐富的學習材料。趕不上世博會的大世界，亦沒有如計畫於年底開幕，以「海派百老滙」的面貌與世人相見。在漫長的整修與相繼提案改造過程中，大世界乃於百歲前夕的二〇一六年底開始試運營，百年哈哈鏡還在，留存了部分老上海歡樂童年記憶，大部分是靜態的非物質文化遺產展演。二〇二〇年加開的演藝夜市，於疫後翻新為遊戲實境、沉浸式戲劇、cosplay（角色扮演）大咖巡街、主題餐飲消費場域，霓虹與人潮終於再回到大世界。

就在左近的雲南路，在上世紀隨大世界的崛起而商販興隆，從最早的排擋茶樓挑擔提籃小吃，發展為老上海馳名的特色小食街肆，本幫、外幫、清真、西北菜百家爭鳴，不僅遊客、觀眾不絕，演員戲後卸了裝也會來光顧，宵夜時分鍋鑊火光喧騰如畫。隨著更時髦、更高檔的美食區興起，雲南路也同大世界逐日沒落蕭條，幾經改造，成為「中華老字號」集結的美食街，集團一家家進駐，道路拓寬了，用餐環境也改善了，世博前當然就要整理得光鮮亮麗，只是過於齊整乾淨的小吃街，還

（左）上海大世界的六角西洋樓尖塔。
（右）還等不到招租的旺鋪店面。

是減了幾分風味吧。

街頭走到街尾，紹興白斬雞、陝西餃子、新疆羊肉串、排骨年糕、酒釀圓子、生煎包、鹽水鴨、清真羊肉火鍋，選擇還是挺多，失落的，是那顆躍躍欲試，什麼都想吃的心。於是我走進轉角的德大西餐社，點了杯咖啡。這家滬上西餐的百年老店，原來在近外灘處占了個好據點，富有歷史的本店關了，搬到南京路中段，在雲南路這家咖啡廳後來開的，蓋了座漂亮的小洋樓，一八九七的始創年分特別醒目。它當然也被納入某個老字號集團的旗下。

德大據說是老一輩當年相親約會的首選地點，見證了無數老上海的初戀，但我靠著泛黃色調的織錦玫瑰法式椅背，端詳這室內所有簇新的復古裝飾，浸淫在耳邊恣意喧囂的上海話聲浪裡（顯見不是來談情的），實在感受不出那樣懷舊的甜蜜氣氛——看來最舊的恐怕是放了大半年，褪了色髒兮兮的世博海寶娃娃。

服務員不像受了西餐禮儀訓練，但她那雖不周到卻樸拙盡職的風格，挺適合招呼滿座的上海姨嬸爺叔們。飲料跟糕餅分開賣，大部分人就理所當然點了喝的，配了自己帶來的糖果餅乾吃，讓我不禁後悔在前台要了這硬得像在雪地裡凍僵的奶油酥餅。嗐，就是外地人。就像我乾眼瞪著自己那杯走到那裡都一樣的咖啡，羨慕人家桌上搭著不相襯的不鏽鋼熱水壺，從印有上海大馬路的啤酒馬克杯裡，啜飲騰騰冒著熱氣的茶。

後邊的大嬸們牌打得正好，笑語不斷；前面有人去買了瓜子，喜滋滋地閒磕。

在這樣一個悠閒寫意的午後，大上海的歷史怎麼翻騰，小市民的生活總是這麼過著。

文廟淘書

「文廟？城隍廟附近嗎？」因為你看來不像本地人，出租車師傅總想確認你沒搞錯，真的不是要去城隍廟，跟其他觀光客湊湊熱鬧。

文廟奉祀的是孔子，自唐玄宗始封文宣王，宋元兩代不斷追封，謚號愈加愈長（感覺挺像歷代書畫上蓋得滿滿的帝王鑑賞圖章），孔廟遂稱文宣王廟，向為祭孔與儒學重鎮。元代上海立縣始建文廟，已經有七百多年歷史，今址的文廟重建於清咸豐年間──經歷了如許朝代更替的風霜，古剎要存活於戰火之下，畢竟不容易。

文廟、豫園、城隍廟都位於老城廂，與法租界僅有一步之遙；若上世紀前半葉的上海明媚如「東方巴黎」，租界是巴黎，這裡就是東方。洋人穿過城門，鞋跟喀嗒、喀嗒在赭紅花崗岩的「彈硌路」上敲著，跨進一個全然不同的世界；狹窄的石板道擠得水泄不通，往來運貨、一根扁擔挑四方的苦力，頻頻讓行人無處閃躲，一不留神撞著了竹簍裡的雞蛋，有得賠的；那頭悲鳴的豬公止息了，屠戶俐落地把血水屎尿倒進環城溝涇裡，誰被潑到是活該走路不長眼睛。飛檐黛瓦往街心延伸，店家插得琳瑯滿目的招牌旗幟，更幫著遮蓋僅餘的一點陽光；租界商鋪就愛誇耀大片玻璃窗內華美的誘惑，這裡可不同，一覽無遺的開架店頭陳列，連櫥窗都嫌多餘。

科舉廢了，文廟四鄰為赴考學子服務的小客棧盛況不再。曾經懷抱登科之夢，來此借住一宿拜謁夫子神靈的書生，隨著永遠無法成就的功名夙願走入歷史，只留下學宮街、夢花街、儀鳳弄這般古樸的街名，依稀喚起學子們夢筆生花、有鳳來儀的殘夢。市井商販盛極一時的城隍廟一帶，可謂市民文化的代表，今日變得愈發小資，是否象徵著城隍爺庇護的上海市民，日益追求優渥安逸生活的決心？曾為本縣最高學府與儒學中心的文廟，反倒褪去昔日的士大夫習氣，沿街小鋪子小攤商不斷，兜售著公仔、碟片、飾品、小玩具、言情小說，賣燒烤、麻辣燙、骨頭湯、老虎腳爪那升騰的油煙，讓這街市瀰漫著濃厚的市井氣味。

文廟路一路而下，沾染了些許車行往來的煙塵，卻沒有稍掩你那不屬於這裡的外來人口氣質，在廟口竟還遇上兩個比你更格格不入的外國佬，比手畫腳地，要買肯定折騰他們嬌貴腸胃的炸香蕉、烤腸，委實勇氣可嘉。你撇下撲鼻的酥油焦香，繞過巷口一攤攤花團錦簇的圍巾絲帕，踏進凝重的櫺星門牌坊。週日午後的大成殿人聲沸騰，廣場灑滿金色陽光與滿坑滿谷的書，在你眼前的，就是上海馳名的舊書刊交易市場。

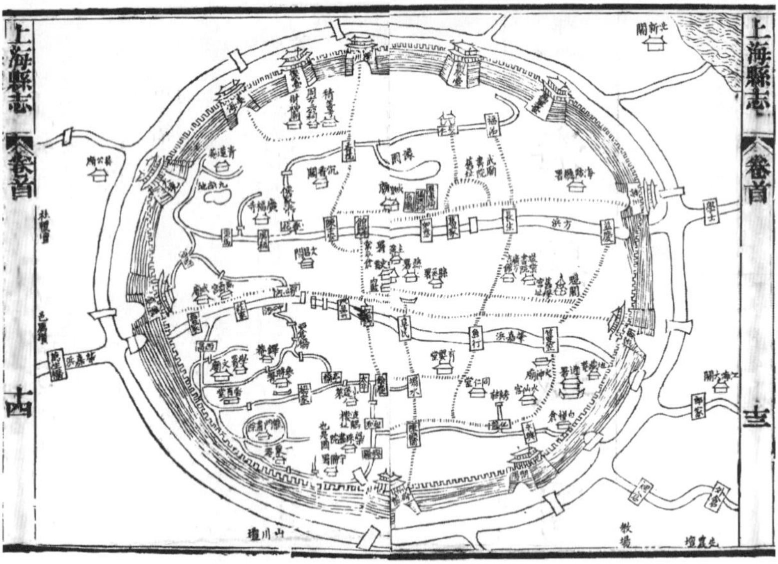

清同治 10 年（1871）《上海縣志》 縣城圖可見清晰的城牆環繞，老城廂 （城隍廟居中，文廟位於西南）隨著租界與近代都市發展，愈發守不住歷史中心的地位，城牆於民國初年拆除。

折價書，老照片，過期雜誌，文史地理圖庫，全彩美術書籍，磨損嚴重不堪翻閱的珍本書法字帖，巴掌大小的連環畫冊迷你電影書。每個書攤各有所專擅，熟客淘書出價亦有其道理。逛了半圈，檯面上成排的檯面下亂擺的都瞄了，心裡還是沒主意，瞧著西廂那掛滿小人書的灰衣老同志攤前圍了群閒客，便信步走去。

「慢慢看，多挑幾本，好談。你只挑個一兩本，要我怎麼算你便宜呢？」

老人笑容和煦，鏡片背後的眼倒是精光的。

有人問起成套的《三國》與散本《聊齋》、《山海經》連環冊，於是你的目光跟著移到那兩堆小山，老人留意到了，笑著解釋，「可以拿出來看的呀。」連幫你拆了《嬌娜》、《嬰寧》的封套，蒲松齡的狐女們瞬時躍然紙上，「這好，你知道不少畫家發跡前都是畫連環的？你看這筆功畫風，不是隨便的吶。」

旁邊有問電影書的，老人從桌下揀出一堆，「看看，品相都不錯的，這個價錢，別的攤子那兒買得到？」

一幅幅停格畫面在你眼前展開，搭配著富於當時教化意義的故事敘述——看完一本就是一部電影，老人這麼說，卓別林、高倉健、亞蘭德倫吶。這本圖比較小？那是寬版，我們進入寬銀幕電影時代囉，你看這書多好，一點都不馬虎。

你很快也挑了一堆小山，老闆說好談，到最後怎麼還是超出預算？正猶豫著，一旁那個看來比你靦腆的小夥子問了，「他算你多少？」

聽完那數字，他瞅著老同志，「幫她把零頭去了吧。」又怯怯地低頭繼續淘書。

你提著那一袋小人書，才走過兩個攤子，就看到樣子差不多、價格更低廉的，忍住不過去翻，不斷告訴自己——丟得滿桶都是，一看就知道污損折頁，品相不好，哪像你買的這些，每本都有封套……

你拾階而上，走近至聖先師的法像，瞧他老人家滿臉慈藹、凝笑俯視淘書的芸芸眾生。兩側的心願樹上依舊繫滿絲帶靈籤，以前是秀才舉人祈求金榜題名，現在仍有入學考生來關照，中國人就是愛考試，所以它們永遠都不寂寞。走出殿前的喧鬧，殿後的尊經閣、明倫堂像是另一個時空，漸斜的日影拉長了簷角，映上空無一人的中庭，利刃般切割著地頭。小刀會曾於明倫堂設總指揮部，起義不成，為古廟學宮枉招砲火；但文廟的劫數不僅於此，杏廊陳列的古碑林，滿面風霜，顯見文革也來過這裡。

踩著魁星閣石徑，分花拂柳，穿過天光雲影池，欲攜江南秀色而歸。大成殿下，人聲漸歇，但你還是老遠就聽見東廡那書攤主直著喉嚨，大嘆生意難做還是要做，什麼都漲就是書不漲。你看他也有《聊齋》，隨手翻隨意問，他瞪著你手裡那一袋，「他賣你多少錢一本？」

你聽他在你耳邊振振有詞，嫌人家的書品相沒他的好，買便宜了也不值，眼裡忽地飄進一本奇書——五〇年代市府衛生機關圖文並茂的避孕畫冊，絕對科學絕不猥褻，必能糾正不正確思想，供工人、農民與一般家庭參考，以利民族健康繁榮。

你聽他漫天開價，又自動減價：「我看你女同志，又買這樣的怪書，那我就表現誠意吧。」

你也努力表現誠意，嫌那書品相不好，想再砍些價錢下來，他伸手指著斑白的鬢角，說他五十好幾了，這書還比他大上三歲，「能沒有歲月的痕跡麼？」

成交了，他喜滋滋地恭賀你淘到好貨，人民幣不值錢，絕版書保值的；看在交易的分上，再附送一個忠告：「下次別拿著別處買來的書四處晃，討不了甚麼便宜的。」

你從不想討甚麼便宜。在上海人面前怎麼精刮上算，沒吃大虧就是占便宜了。學宮、夢花街上還有些古玩書畫店，你只是看，不敢出手，兩手都提著書，夠了，一會兒前才得了個（算是）免費的忠告呢。

拐出弄堂口，有幾個賣魚鮮蔬果的攤販候著，你駐足西瓜車旁，倒不是真要搬一個回去，但那車渾圓油綠的球兒，迎面紅通通嬌滴滴地笑開了，著實誘人。

後邊停下的摩托車幾乎擦著你的小腿，你回首一望，好一個畫面。後座的年輕女子緊挨著前頭的愛人，一手摟著他的腰，一手拎著四尺長的大鳥籠，空蕩蕩地，幾乎要拖到地上。微光打著她泛紅的臉頰，把洋溢的幸福抹得更柔和了，她轉頭看看捧上來的瓜瓢，又覷著前面水盆裡的黃泥螺、小銀魚、河鰻，另一邊的豆芽、水芹、芥菜，無法決定。

男人回頭不曉得說了甚麼，兩人都笑了，吩咐包起來，一包擱前頭，一包吊把手，一包塞進籠裡，再抱緊了，摩托車低吼著過去，揚起的煙塵，就這麼散進斜陽裡。

文廟殿前的舊書報攤與來淘寶的買家。

早安，上海

出了和平飯店沿中山東一路往北，這一帶未必不比外灘那一長條新古典建築群不有趣，遊客卻少很多。越過橫渡蘇州河匯入黃浦江口的外白渡大橋，眼睛陡地一亮，前頭熱切地招呼著，一八四六上海早晨，Morning Shanghai。

西方人慣於稱呼東方為「太陽升起之地」。朝陽升起，清晨瀰漫的煙霧散去，看清這城市真貌之前（確有真貌嗎？），微笑著說早安的上海，無可避免帶了幾分異色情趣，神祕而不可捉摸——但這裡不光是神祕的東方，人類文明的搖籃，亦是中國最早接收西洋文化的交匯口。

這棟灰造紅頂建築，確實見證了若干上海近代文明的初始。它始建於一八四六年，就在一八四三年開埠後沒多久，屬於蘇格蘭商人 Peter Felix Richards，因創建者而命名為禮查飯店，是上海最早的西式餐廳與旅店。飯店最早在法租界，搬到現址是十多年後，幾經翻修擴充，建築風格由巴洛克、殖民東印度風到新古典帶維多利亞式中庭，亦由跑船海員停泊上海寄宿的客棧，逐漸轉為遠東最時髦的現代化旅館。中國最早點亮的電燈、最早接通的電話，它都趕上了，也是最早演出西洋馬戲、放映半有聲電影的場地，關錦鵬《長恨歌》、李安《色，戒》、陳凱歌《梅蘭芳》都在此取景，莫不是遙想於舊地喚起昔日海上風華？過了極盛的三〇年代，迫近的中日戰爭陰影，使得它所在的虹口區陷入風聲鶴唳，上海社交圈的中心往蘇州河以南遷移，新起的和平飯店、匯中飯店輕易便奪去禮查曾有的鋒芒。

我走進「上海早晨」，心裡想著，在這兒等著我的，會是橙汁、黃油麵包加咖啡，還是豆漿油條、糍飯、酒釀圓子？

偌大的餐廳空無一人，一看都擠在收銀台前，聊得正好呢，一兩雙視線瞄到我這邊，又自自然然地轉開，也沒打算要來招呼。於是我自己走過去拿了本菜單來看。沒人告訴我為何餐廳名為上海早晨，像是讓人坐了喝杯咖啡看早報的地方，卻沒有賣早餐。我把菜單放回桌上，轉身走了，似也沒人留意。

穿過迴廊到酒店大堂，刷得雪亮的藻井垂下裝飾藝術的圓燈，映了暗褐壁間更形照眼，這頭似乎有個藝展進行中，壁上地上三三兩兩掛著擱著幾幅，不很起勁。拐出側壁到正廳，那幾盞水晶吊燈依舊華麗眩目，愛奧尼亞式圓柱驕傲地頂住一片天地，接待人員初見我有幾分侷促，又隨即不理不睬，繼續無精打采，很典型的國營企業員工姿態。比起西式飯店集團的經營管理——那種客套而勢利，仿若貼心卻

老上海的禮查飯店（今中國證券博物館），關錦鵬《長恨歌》、李安《色｜戒》、陳凱歌《梅蘭芳》及王家衛《繁花》劇集都於此取景。

讓人感覺不到真心的拿捏——倒真是過與不及之間。大堂一旁我看到一家簡餐吧，賣些如炒蛋、煎香腸之類的餐點，飾以曾經下榻名人如卓別林、愛因斯坦、美國前總統格蘭特、英國哲學家羅素的頭像，卻冷落得半個人也無。

大門口穿著蘇格蘭裙的實習生，慇勤地為我撐開厚重的門，我微笑稱謝，看他黑亮的眼泛起一點神采。到菜鳥熬成老鳥，眼裡的光采也會黯淡下去了。看其他遊客的網路評論，也有人同我一般，對前台服務不敢恭維，唯獨門口小弟的殷勤印象深刻，不覺莞爾。老飯店再撐了幾年終於歇業，於二〇一八年改為中國證券博物館。

一九九〇年代，浦江飯店（就是老上海念念不忘的舊禮查，英文名字早在數度易手後，改為 **Astor House**）迎來改革開放的一顆明星（**Astor**）：上海證券交易所曾於飯店西翼掛牌營業，這座分享了極多「中國之初」的歷史建築，於一九九〇年十二月見證了中國股市開盤的鑼鳴，是「中國資本市場的初心」，導覽相關文獻的館員如是說。王家衛《繁花》劇集開場描述主人公阿寶因炒股發跡，交易所一開拉起鐵捲門、民眾湧入申購的景觀一晃而過，搖身而為寶總的人物旋即轉入外貿行業，直到劇末敘事線再回到股市，才有了更精緻的交易場景，我所熟悉的古典建築角樓一側，掛起「上海證券交易所」的紅字招牌入鏡。

偏離了金宇澄原著的《繁花》電視劇，對於那個年代的股海浮沉刻劃，卻是有所本的。股市操盤弄潮的反派角色黑頭座車，反覆從交易所邊繞過，窗外映出行走間朦朧的鋼骨影子，三角與矩柱交織的線條，於是知道他好整以暇穿越外白渡大橋，蘇州河波光同夕日餘暉於車廂內、擋風玻璃、人物臉上閃爍不定——幾秒鐘閃過的畫面，地理掌握仍精準不含糊（對照王家衛早期旋轉搖晃而模糊的香港，饒有趣味）。自典雅木框與明亮玻璃的門裡望出去，交易所前吆喝著賣的證券報，與銀行申購廊下股民手中、上市公司的會議桌上、大咖沙龍的俱樂部泳池畔，看的都是同一份，阿寶在股市奮力拼搏的高處與墜落點，正是上海證券報正式發行的一九九三年（於劇中化為浦江證券報）。進入交易廳，密集排開的木座工作檯擺滿上世紀樸拙厚重的箱型電腦、深寬鍵盤（那其實很好打字，現在的鍵盤都淺薄了些，說是省力），隨著開市，交易員點擊不停的鍵盤與繁忙接指示之聲，迴盪在帶幾分幽暗情調、古典廊柱與貝殼型壁燈的大廳裡。

二〇年代的禮查飯店孔雀廳，號為遠東第一交誼舞廳，雲朵狀拱頂鑲嵌了彩色玻璃，將孔雀羽般五彩斑斕的流光，投射在水晶燈下搖曳起舞的男男女女身上。在交易所寄身這個大廳的九〇年代，於此起舞生姿的是流金溢彩的資本與一夜致富的夢想，不住地迴旋攀升自是精彩迫人，摔著了也可能粉身碎骨，任人踩踏。在股市沸騰的這幾年，持續經營送往迎來的飯店東翼，是一併一飛沖天還是愈加寂寥？交易所於一九九七年遷往浦東新大樓，歸還半壁江山予浦江飯店，我在十多年後造訪，曾經人頭鑽動的交易所掛牌處，是帶著遲暮氣息的「早安上海」，無精打采地望向浦東——離它最初的一八四六畢竟已經遙遠。

同我的小上海朋友提起在浦江飯店的冒險，她說要帶我去試真正上海人吃的早餐。當年那八〇後出生的小上海，即使熬成了中年上海，對老上海的掌故也未必關心或了解，自然無需承受那個歷史包袱，更不耽溺於逝去的美好。他們歷經上海改革開放的巨大轉變，上海再度崛起是跟上了，卻未必真能受益；北京人批評上海除了商業文明沒有其它文明，他們會先出口反駁，然後想著所謂上海文明是什麼文明；儘管外來人對上海的豔羨也讓他們沾沾自喜，他們對逐日惡化的生活環境與飲食安全仍心存憂慮，也無法斷絕對於移民的想像。而上海如今就掌握在他們手裡。

我們約好要早起，大叔大嬸們逛菜場的時間，去湊湊熱鬧，然後一起用上海早餐。

繞過公園口閒逛、練太極、遛狗、圍一圈練唱「中國夢」的爺奶們，我們走進菜場裡。更早一波的買菜潮已經過了，不打緊，還是有人；沒有人氣的菜場頂無趣，畢竟逛傳統市場不就是看貨看人？窗明几淨的超市應有盡有，一目瞭然，卻是跟架子跟包裝機器買東西，背後或許有巨幅恬靜農村與快樂牛羊的幸福海報，卻失落了人情。

蔬果部門沒有意外的驚喜，但它們綺麗的形色就是自然的恩賜——只不過那些碩大豐美的成果，現在已經很難判定是自然，還是人工介入造成的扭曲；於是小黃瓜個頭粗壯得像臂膀，玉米粒粒飽滿齊整，容不下一顆歪斜疏漏的存在。那一陣子由於禽流感風聲緊，家禽攤位多少冷清，朋友說賣白斬雞、雞排、雞煲的生意都一落千丈了，儘管宣導煮熟吃就沒事，上海人還是謹慎得很；我想到我們每天照吃的荷包蛋，蛋黃還沒有煎熟，果真是傻傻的外地人膽子大。

在我們面前是家蛋鋪，從斑駁的鵪鶉蛋、玲瓏的鴿蛋、雞蛋、鴨蛋到鵝蛋都有，色澤深淺各異，斑紋各有千秋，驕傲地挺著各種完美的橢圓弧度，在攤子上一字擺開，若各色任人賞玩的珍奇寶石（所以《色，戒》裡鴿子蛋論克拉是有道理的……），讓人愛不釋手。想著拎一袋大大小小的蛋回家欣賞，但也知道離開鋪子，那個魔法就消失了，路上要是擠破更不消說，生命的脆弱感莫過於此。

但凡我拿出相機，朋友就跟對方致意，「她第一次來上海，很多沒看過的。」用普通話或上海話重複，於是張飛肉鋪大鬍子招牌下清秀的小伙子、醬菜媽媽那淹沒在無數封口瓶盅後的削瘦婆婆、麵粉鋪裡飛快擀麵皮鍘刀切條的師傅，便笑僵著

上海菜場賣蔬果、醬菜的攤販。

臉讓我照。我發現她對這菜場沒比我熟多少，同樣好奇孜孜盯著醬缸，望著那一圈圈長豆、一大片沒切開的榨菜嘖嘖稱奇，婆婆俐落一刀剪下的醬菜末，我們一邊嘗一邊喝采，一樣在大觀園裡。

邊角站了一位大叔，西裝筆挺地拿了一只木槌不知在敲什麼，小上海說是醃好的肉片，裹了粉讓他敲一敲，回去炸豬排牛排，包準嫩。我滿懷敬意地鏡頭對著大叔，他神色莊重地看肉不看我，額角一直冒著汗珠，嘴角微微揚起。

轉過去那頭一長列海鮮鋪子，這市場最生猛鮮活的風景。我們走到賣黃鱔拆鱔絲的攤位，看那鑽動的鱔魚在魚販熟練地一釘一斬一蛻之下，成了血淋淋的段塊，後面燒好了滾水要燙，小上海在我身邊打個冷顫。前方排隊在等的人，大叔比大嬸多，早聽聞上海女人厲害，把上海男人調教得溫順儒雅，女權高漲的上海往往買菜做飯的是男人，無怪上海男人、四川女人與貓熊榮登為中國三寶。我看那些個提了菜籃的上海男人們無不目不轉睛，無比認真盯牢撈魚秤斤的小販，神情可比我們這兒的婆婆媽媽專注執著，問問小上海為什麼，她聳聳肩，有些靦腆地，「還不是怕人家少給一條兩條，在計較呢。」

穿過賣茶葉大米、核果乾貨的鋪子，略過一塊塊蓋著店家印記的豆腐，打著百葉結的阿姨也沒能慢下我們的腳步——到這時差不多肚子空城唱了好幾回，目標也近了。賣早點的多在菜場出口外緣，而我們也像其他上海人，上過菜場，終於可以吃早餐了！

騰騰熱氣中浮現的豆漿、燒餅、油條、湯圓、菜飯、骨頭湯，吃什麼好呢？我把難題丟給小上海，她左右看了看，點了鹹豆漿和油條。

「台灣沒吃過鹹豆漿吧？」

我想起外省伯伯們的早餐店，但那肯定不一樣的。正說著，老闆把放好醬料的湯碗丟在我們桌上，一柄長勺從熱鍋裡舀了豆漿就沖，我嚇了一身冷汗，他一滴也沒撒漏桌上，甭說把我們燙熟了。

「唉呀，你別照了，不好看的呀。」在爐頭炸油條的大姊嗔道。

「我覺得你很好看呀。」我放下相機，很無辜。

「那你就對了，這是我們大餅西施，」旁邊的大哥幫腔，「人好看，燒餅油條也做得好，這條街最好吃的。」

鼓腹而遊，一路綿綿細雨，到得靜安寺，已經過午。

菜場邊的早餐店。

南外灘傳奇

識得南外灘，是到南浦大橋「輕紡面料市場」挑料子做衣服，不住幻想傳說中的上海裁縫手藝。原來的市場位在百年歷史的董家渡，世博前「陽光動遷」，拆了充作臨時停車場，商家大多遷到這棟商業大樓裡。卻說世博都看浦東，隔江那邊鬧熱滾滾，浦西場館同這偌大的駐車所相依相伴，冷冷清清。

出了小南門地鐵站，沿著王家碼頭路往黃浦江走一小段，心裡納悶著——世博過了好幾年，若說當時急著動拆，盛會前趕緊搞出門面體面，到現在也整理得差不多唄，怎還是這般風塵僕僕？看那頭人氣似乎旺一些，於是穿窄巷拐過去看。那時我還不明白，這塊上海舊區最大的動遷改造計劃，並不是世博前塵埃落定，之後另有「進一步開發利用」的規劃：有的地塊十多年來才打了兩個樁基，甚有拆遷尚未啟動者。

以渡口為名的董家渡，鄰近碼頭貨運繁盛，扼住上海老城廂通往黃浦江要口，在拆老城填河浜造路之前，昔日老城廂護城河（今中華路）、浦江支流薛家浜、肇

（上）拆遷中的董家渡面料成衣市場。

（下）以殺豬作坊得名的豬作弄，已走入歷史。

家浜上，橋影處處，擺渡風光——隨著河浜填平，一座座橋跟著去了，外倉橋、小石橋、外郎家橋、里倉橋（今篾竹路）的形影，還留在因之命名的那幾條路上，氤氳氤氳進入上海的記憶裡。豫園、城隍廟儼然成為今日老城廂的代言人，附近商圈粉牆黛瓦、飛檐鳳角的江南民居建築，如導演婁燁所言，宛若拍電影搭設的場景，給外國人看的東方，然而這個中國之夢多麼美麗啊。昔時自城廂北望，望進租界的十里洋場，莫不是好漢梟雄冀望飛黃騰達的地方；南市是華界，穀物、瓜果、海產、南北貨往來頻繁，貨倉與幫會林立，野心勃勃的未來大亨便先於此窩著。號為「上海皇帝」的杜月笙，發跡這廂十六鋪的水果碼頭；蔣介石崛起前，也曾寄居王家嘴角街的弄堂，那時他是一九二〇年成立的上海物品證卷交易所小股東，之後爆發「信交危機」身陷險境，說是靠黃金榮的面子才擺平。

走到外倉橋路口，朝那人貨絡繹不絕的商市探首，腳步不自禁往裡踏去。巷弄裡滿坑滿谷的布匹成衣堆出騎樓，延伸至道路兩側，狹隘處逼得不及迴身；驀地寬廣了，卻是遍地磚瓦，斷壁殘垣——如果報章雜誌上看到這樣的畫面，抽離特定的時空背景，說是二戰之後的歷史鏡頭，也能哄人相信的。轟炸過後夷為平地的房舍殘骸，毫無生機的瓦礫墓穴裡，仍有居民卑微殘喘地渡日子……草根的堅韌，不就是如此嗎？

無意之中，我闖進以為已經消失的董家渡面料市場。拆掉的部分絕非空蕩蕩，還有人在上頭生活、做生意，一匹匹鮮麗嵌繡金銀線的旗袍布，棚布襯了擱在只剩一半的牆垣上；地上紙板墊的，是顏色長短不一的拉鍊，大大小小各式鈕扣；日頭大，也有撐了海灘傘，涼椅上鋪了紗棉、單色或格紋床單布；電線桿可沒閒著，正好拿來曬衣服、掛窗簾；遠處浦東摩天樓的影子，越過這壁煙塵望去，宛如殘磚裡昇起的海市蜃樓。路上還有幾十戶，有的拆字已經烙上去，也有「強拆民宅……」字眼被塗抹得不乾不淨的，還有二樓窗台端了茶碗冷眼看下來，一樓鋪子口懸了個鳥籠，那啁啾愈發悅耳，後邊灶頭埋飯的香味兒，一股腦竄了出來。

來照相窺探的不少，老外跟本地都有，藝術家氣質或商業攝影的，昂貴鏡頭或傻瓜相機，外地趕來搶拍董家渡之末，或者住民搬走前的臨別秋波，咔嚓咔嚓響個不停。最引人矚目，無非廢墟與生機對立之景，殘餘的建築雕花細部，穿梭變動家園哀哀叫的小狗，無動於衷街頭交尾的黃犬相好，僅存弄堂孤巷裡依舊熙攘的人生。

流言無可厚非要在里弄間流傳，說有老太婆誓死不搬，拆遷時二樓掉下來送醫，不死也傷。也有說被打被威脅的，也有太單純，早早就被一點小錢遣散。硬撐著不走，釘子戶不好當，沒電沒水的，環境衛生惡劣。真的，不是大家都死要錢，有後路誰不走？老人家住了一輩子，去哪兒都方便，你要他們搬到嘉定、浦東航頭那大老遠，怎麼肯呢？都說日子不多，寧可死在這兒。年輕人反正情感淡泊，小倆口看了動遷房新樓板，衛生條件、空氣品質都比老城好，倒願意，搬過去老鄰居老街坊的，蠻清爽，過兩年地鐵、新學校蓋好了，郊區倒比城區好住，進城也快。欸，我們這兒差不多了，旁邊的地塊才麻煩，二〇〇二到現在都動不了，還不是開發商想囤地轉手？看看外灘這幾年地皮漲了多少倍，轉手就幾十億，給居民的還是〇二年標準的補償金，這錢在上海沒法活，叫人怎麼搬？要脫售，別家財團知道這兒僵著，成本愈來愈高，開價還這麼狠，縮手一邊看，沒人是笨蛋。你說是他們還是我們獅子大開口？給居民的要在周邊能買房，大家都肯走，自己稍微貼一點也願意，是吧？

董家渡路繼續走下去，愈加淡定，還沒拆完的，也都搬光了，到掩映法國梧桐後的董家渡天主堂，知道江邊近了。這座西班牙風巴洛克建築，是鴉片戰後列強建於中國首座能容千人的大型教堂，也是現今上海最古老而保存完整的天主堂，隨著逐步消失的老城廂步入黃昏的它，在新社區竄起之前，會在這兒孤單一陣子吧。沿了外馬路濱江北行，瞧著黃浦江在這兒轉了彎，岸邊鑲了一排倉庫，宛如鼓突之腹積了一層肥油；昔日上海水上門戶的十六鋪，在這一波舊區改造計劃化身為老碼

舊藏於丹鳳樓的康熙年間上海縣城寶帶門外的十六鋪碼頭畫卷。

頭，曾經屬於黃金榮、杜月笙的倉庫，現在是挺潮流的餐吧會所，歐風家具櫥櫃。

這區的歷史可上溯至北宋天聖元年（一〇二三年），始稱「十六鋪」約在清咸豐、同治年間，以其地理優勢而成內河沿海、南北水陸運輸交匯樞紐，鼎盛時期「帆檣如織，舳艫蔽江，裝卸上下，晝夜不息」，王家、竹行、公義、利川等大小碼頭並立，以裝載貨物分門別類，則有水果碼頭、煤炭碼頭、水產碼頭、垃圾碼頭等稱號。由鹹瓜街（鹹魚）、豬作弄、糖坊弄、花衣街、豆市街、筷竹弄、蘆蓆街這般市井而鮮活的地名，可知老城廂窄仄曲折的街市裡百業興旺：福建、浙江商人帶來鹹魚海味，廣東人以糖、茶葉去交易棉花；再過去還有編蘆蓆、製竹筷的作坊；街角屠戶潑出血水，叫賣現殺的鮮豬肉；後頭染坊煮得一缸缸五色紛陳，晾起來一匹匹鮮麗奪目；那頭教婦女們流連忘返，是棉布花衣綢緞布莊；黃豆如潮水湧進湧出的豆市街，釀造醬坊成片，天氣好，工人打開醬缸帽蓋，整條街瞬時溢滿醬油發酵引人欲醉的濃香。

有利可圖自然有人來分，往來商賈農工要不受騷擾，不是依附幫會就得獻上厚禮；動蕩的時局和華洋分治的矛盾，因而造就黃金榮和杜月笙稱霸上海。租界和南市邊兒討生活的小癟三「麻皮金榮」，在青幫地位扶搖直上，進了法租界巡捕房當差，協助辦案「維持治安」，跟統治上海各派系軍閥亦關係良好，很快成為上海首屈一指的黑幫老大；在十六鋪水果行當學徒，卻因嗜賭被趕出來，徘徊碼頭、煙館、茶樓賣果子削果皮的杜月笙，因緣際會入了黃金榮公館，成了得力助手，為人機敏靈活的杜氏，很快羽翼豐厚，勢力還在黃氏之上。講體面、情面、場面的杜月笙，發跡之後竭力籠絡人心，與政商各界交好，意欲擠入上流之林，儘管抗戰時期於重慶方面貢獻良多，勝利後卻無法覓得官職，他意識到國民政府不再需要他們，而租界消失市政統一的上海，亦不再提供黑幫生存壯大的沃土。

「我們只是『夜壺』——被利用完了還要塞回床底。」他這麼說。晚年在香港，中國頻頻招手，要他回上海，杜月笙不是沒有動搖過，蔣介石要他來台，亦不了了之，遂終老華洋雜處的殖民地香港。他死後移靈台灣，葬在汐止，遙望浦東的故鄉。

杜月笙要能看到現在的十六鋪，瞧見他倉庫邊運來黃沙堆起「陽光沙灘」，洋人男女買票進場，赤身露體瞇著眼曬，入口椰林白沙碧海晴天的看板旁，本地人睜了眼看，一頭指指點點評斷。馬路另一邊從前的上海油脂廠，搖身變為噴水池廣場，中間過道可以走秀，兩旁石庫門別處搬來的，倒是搭得好佈景。說得是「食色聲香，純粹上海」，燈紅酒綠間微開雙腿的 Sexy Peach Club，文創包裝的紙醉金迷，跟黑幫時代煙賭娼的營生，兩樣了嗎？

後頭一大片濱江華廈已經浮出地表，看那態勢多是外國外地投資客，說英語說普通話的貴人，拆遷前住這兒的本地人，八成四散到郊野去了吧。在市中心聽到上海話的機會，要愈來愈少了。

《繁花》劇集掀起的滬語熱，肯定是金宇澄融入大量江南語態與舊小說文體的奇書所不及。拜大導演的通俗劇之賜，講上海話的時髦風潮，能再燒一陣子吧？

曾經「帆檣如織」的十六鋪改裝的老碼頭。

非誠勿擾

走進寂寥已久的國泰電影院，擦拭得一塵不染的黑牆白底愈發對比強烈，地板與天頂燈箱各有顆明星閃爍，縱使此地星光已經黯淡。大門兩側的看版綴滿歷史圖片，包括開幕之日《申報》刊登的好萊塢大片《靈肉之門》首映廣告，自詡「富麗宏壯執上海電影院之牛耳，精緻舒適集現代科學化之大成」。裝飾藝術風格的國泰，出自鴻達（C.H. Gonda）手下，現代主義的大光明，則由鄔達克設計；鼎盛的三〇年代獨領風騷的兩大戲院，反映兩位來自東歐的建築師對打造上海的貢獻。

在這一切網絡瞬間凝聚、高速流動、即時消散的時代，淘碟都顯得過時，更別提進戲院去看電影——誰不是上網看「高清」片子？很多時候，電影還沒上院線，網路上早已流傳甚廣。遊客來到法租界的國泰，拿出相機，翦幾分梧桐樹下的風景，便心滿意足離去，走進來的也不是看電影——今日國泰放的仍是娛樂大片，卻不如當年矜貴，到處都有得看——多半是要感受懷舊的氣氛吧。

以為日場的時段，必然愈加淒清落寞，但我真是錯了。還未開演，影廳已經客滿，全場笑語不斷，滿座上海大叔大嬸們，都是來看電影的；放映中熱絡懇切地評議，絕無冷場，我無意點頭輕笑，隔壁馬上接口，「你說是伐？挺逗的！」

那是一齣典型的「婚活」（こんかつ）喜劇，亦即人物的掙扎奮鬥，都是為了達成結婚目的參與的活動，而相親是最核心的婚活手段，「脫光」（脫離光棍生涯）的一大捷徑。鏡頭在俊男美女和摩登上海之間穿梭，顯示這極力渲染全民相親熱的電影，很清楚賣點在哪裡；當畫面出現萬頭鑽動的人民公園相親角，大叔大嬸亦不約而同，投以會意的笑聲。瞧他們品評劇中人物求偶的那副認真勁兒，我不禁要想，這裡有多少人出了電影院，會到公園裡幫子女掛牌求親？

「上海人真有趣，我們相親到咖啡館、餐廳，他們竟然在公園裡就談起來了。」同樣有相親文化的日本友人這麼說。

從字面上隱約可見文化差異：如果日本人的「お見合い」，重點在當事人見面看了對眼，上海人的「相親」影射相合結為親家不只是當事人的事，於是一大夥平日閒了沒事的爺爺奶奶，便理直氣壯到公園幫兒孫找對象。上海不是沒有「頂級」的相親活動。之前辦了好些個奢華浦江渡輪遊、嚴選富豪相親派對，報名費動輒要三五萬人民幣，依然爆滿而向隅者眾。政府後來對相親活動予以規範，可見婚介詐欺的案例還不少，付出高額的保證金，未必遇得上《富比世》等級的大富豪。對精

（上）位於法租界精華區的國泰電影院。
（下）整修過煥然一新的國泰戲院內部。

打細算的上海人來說，到公園去，喝咖啡的錢都省下，豈不更好？

人民公園近地鐵五號出口處，原來只是愛幫人牽線的老上海們聚會、比對手上鴛鴦譜的所在，到後來發展成上海最大的實體婚友資訊交流地點，管理處立了說明牌，請民眾愛惜公園提供的設施，不要招貼大於三米的資料等等「紅娘服務」守則，相親角之名不脛而走。一到週末，公園總湧進約莫幾百人的相親潮，若是風和日麗，連老天都給了宜其室家之兆，相親角的活動人口能逼上千。

「說有多少錢都不靠譜，有房的才行。房也要看有幾套，看地點的呀。」

場外兩個年過半百的大叔交頭接耳，顯然是老鳥在傳授選婿祕技，給初到相親角的新手。過午時分，公園裡不知相了幾輪親，舉目所見滿坑滿谷的資料卡，約莫A4大小的紙寫上徵婚條件，護卡擋住無情風雨，或是吊在樹頭，或是地上一字排開，或是搭著矮牆圍籬；一大片素淨的卡紙裡，有的剪了紅心貼著，有的襯上彩袋立著，還有的夾上討喜的黃色小鴨，冀望有緣人在千百個競爭對手裡一眼看見——一百多年前的人民公園是跑馬場的跑道，原來這個競爭致勝的傳統其來有自。入口花壇前，整整齊齊繞了一圈張開的傘，不是因為天雨，是用來撐住上頭擺著的「非誠勿擾」啟事：那多半是自個家兒的，擱在地上怕人踩了，還是沒彎腰看不清楚，傘撐起來的高度弧度都好，要恣意展示，又守住一點含蓄的姿態。真是可憐天下父母心啊。

而這未來的親家公親家母，或是守住自己的傘攤，一邊解答往來有意者提問，一邊確認對方的誠意；或是主動出擊，探訪別人的攤子去了——傘架上定會留下手機，免得錯過良緣。花陰樹叢間，早佔滿初步條件還合意的一對對家長，饒有情致地進一步詳談，估量未來親家的斤兩，猶如再現旋律不斷響起的總是——哎，我們孩子工作太忙，生活單純，沒時間交朋友，一年一年這樣過，真急死人……這或許不像《傾城之戀》的上等調情，但可不都是精刮上算不肯吃虧的上海人對上了，縹緲虛無的感情且先不論，正盤算為己方找到最大利基嗎？

精明的父母會到這兒利用公園免費的資源，精明的上海人也看準這婚友市場誘人的商機。儘管「紅娘守則」說了不准擺攤、不准現金交易，無數的個體戶之間還是夾雜若干專業收費媒介。親人出馬相親都要講專業化，職業紅娘自然更馬虎不得，要賺上海人錢不容易的，是伐？使出十八般武藝的各路良緣仲介，這邊周阿姨上過電視節目，顯然比其他人名氣等級高一些，在市場規模較小的靜安公園、魯迅公園也都安排了服務時間；一旁的湯老師誇口數十載媒合經驗，「當場配對、成功率高」的牌子，吸引不少上海爺娘來詢問；較遠那頭做過徵信的大叔，差在少一張媒人臉，卻標榜優質服務，跟他掛牌不只撮合，對方的身家底細都幫你摸清。那邊沈老師的攤位上，家長們掏出小記事本，仔細瀏覽抄錄整理好的資料庫，看看地頭紅紙上寫著「幾百位優秀男女等你選，男方免費報名介紹，大齡女勿擾……」，有人問了，只有男方免費太不公平了吧？「嗐，你不知道，這年頭優秀的女孩兒多了，對象難找，優秀的男孩兒就少得多了，行情決定價碼呀。」

再走幾步過去，有個「優秀男孩」的得意父親掛出兒子自信神氣的笑容，在一片白豔豔的數字資料卡中，特別顯眼。兩個年輕女孩在照片前停下來，其中一個暗地拿起手機要拍，一旁好事的大叔湊過來，「喜歡嗎？要多少錢你能接受？」

女孩靦腆著匆匆而去。搞不清楚狀況的，真會以為這樣的對白發生在皮肉市場。相親角偶爾也有年輕面孔，總特別引人關注；那邊「海外角」美日澳德的萬國旗前，晃來一個矜貴的男孩，馬上有阿姨問，「你也是海歸的？留學哪兒啊？」

男孩說父母威脅要出來幫他掛牌，他擋住兩老，說自己來看，當場叔叔阿姨都叫好，說他有主見，阿姨甲馬上說，那你肯定跟我女兒合得來，阿姨乙連忙接口，我女兒也不錯的，看看伐？

這漫山遍野的徵婚條件，雖沒有刻意格式化，卻不意外地單一：敘述總不出身高、年齡、學歷、戶口（上海人要高於「新上海人」，自外地入籍的新上海人又高於外地人士）、薪資、房產、情感婚姻經驗之有無（意思是有否跟人同居過），個個都是獨子愛女，女方或加上一筆面貌姣好，男方則是上進無不良嗜好。於是那邊一把花傘上畫了雙底線非誠勿擾，寫得鉅細靡遺的布告，讓人不覺慢下腳步。守著傘子的阿姨拉開嗓門，抱怨女兒心比天高，那雙伶俐的妙目是活招牌，想來女兒應如她寫的「眉目清秀，皮膚白皙」吧。幾個大嬸瞧著姑娘自小得獎經歷跟書香門第的栽培，嘖嘖稱讚，看到阿姨為她備好的洋房、海景房好幾套（自然是獨生女，也就是沒別人來搶），更睜大了眼，這樣的姑娘怎麼會沒對象？

「她挑得厲害呀，不只挑人品，也挑長相。」阿姨嘆口氣，「這年頭小夥子也化妝，都說不準的。」旁邊的大嬸馬上推薦自己兒子，阿姨要照片看，「我說她很挑的呀，我先幫著看她喜不喜歡。這看不出來呀，有清楚點兒的沒？」還在說，第二個大嬸也遞了手機上兒子的照片來獻寶。

那邊有張極簡得惹人注目的啟事：一位看來樸實可喜的姑娘，淺淺的笑靨似要融進背後的山光水色裡。放大而稍顯模糊的照片上只有一行字：這是個好姑娘。瞥見有遊客準備按下快門，姑娘的父親板著臉要別照了。這些個兒不顧兒女顏面隱私的父母，大剌剌把多數不知情的當事人身高身材身價展示在所有人面前，自個兒卻丟不起一點老臉？是啊，再怎麼說，頂沒面子的還是家中熟齡兒女找不到對象，眼見要遲暮，就像保鮮期要過／已過的鮮肉美饌⋯⋯教人如何是好！離過婚的，至少證明不是滯銷。

那看來的確像個好姑娘。在這人與人輕易連線斷線而無比疏離的時代，從重商城市的婚姻商業化買賣操作縫隙裡，流溢出一絲為人父母的不解、焦慮和偏執，不免讓人感嘆。

（上）相親角的「紅娘」規範為各式徵婚啟示遮蓋。
（下）專業婚友媒介羅列精選的求偶陣容。

弄堂二三景

「過來看看，」她對我招手，「我就喜歡從二樓看下去，看進弄堂裡。」她呼出一口氣，「感覺特別好。」

這裡據說是上海最老的弄堂（後來查了資料發現不是），保存完善，還設了弄堂博物館，有空可以去走走，她說。也確實，從她開的咖啡館二樓，居高臨下的視角才能望進弄堂。這條街兩側鑲滿酒吧餐廳，狹窄的弄堂口夾在體面的店頭間，或有鞋匠修拉鍊的鋪子擋著，或是淹沒在攤商的五彩膠鞋後，或是被嚴禁外來機動車拾荒促銷者的告示牌封了一半，沿街晃過去很容易錯過，不曉得裡面別有洞天。

我放下啜了一口的咖啡，咬開的蟹殼黃散落細密油亮的綠——不是習見煨黃的蔥末、黑白相間的芝麻、棗紅綿軟的豆沙——鹹裡帶甜的海苔口味。藍山咖啡佐了奶水與糖包，配蟹殼黃、草莓與乳霜，是沙龍女主人的品味。像是看出我納悶著空蕩蕩的咖啡館怎麼做生意，她微微一笑，我喜歡的人全都給最好的，不喜歡的我會趕他們走。

有點風，蕾絲窗紗拂過灰底細高跟、未著絲襪的修長雙腿弧線，襯著她灰白呢的合身洋裝，也是一道風景，這樣的身影也只好依傍在洋房窗邊。

那位擅於描繪民國軼事的女作家，黑膠裡挑出一片周璇，金嗓子的天涯歌女、花樣年華，瞬時流溢在懷舊的廳裡，「張愛玲也是這麼從花園洋房露台，聽著弄堂傳來的小曲。」她說。當然，洋房裡搭的還是鋼琴聲，知道吧，階級是不一樣的。這摜奶油（比我們說的鮮奶油更近於 whipped cream 的直譯）是紅寶石的，她解釋，解放之後才有的品牌，有點歷史但不夠老，對民國通來說不能算是老上海。和草莓一起吃，味道特別好。

她一身黑，肩頭鬆鬆地繫著紅毛衣，看來是想妝點出自己所憧憬的巴黎人浪漫氣息，卻少了幾分渾然天成的慵懶，那頂該要有藝術家氣質的貝雷帽，總還是藏不住上海女人的精刮上算。

這兩個講究生活情趣、流露出「上只角」腔調的女子，懷著不同的心思，不約而同從洋房二樓望向弄堂。這層窗口光禿禿對著路衝，沒一點稀疏的梧桐樹影遮掩；往上一層就是頂樓，一反樓下咖啡座書房的優雅氣息，熱熱鬧鬧地晾出兩三排吊繩，趁陽光好趕緊把衫裙長短褲羽絨衣被單毛巾披上來，三角四角的男女內褲、平板還是蕾絲的胸罩，大大方方一起曬，袒露露地無啥香豔可言，便是一道道鮮明的常民生活旗幟。洋房窗台如此，石庫門希臘柱拱前亦如是，拆遷中的半截斷壁、歪斜了的電線桿，撐得起的便如是。愈是參差錯落愈精神。

愈是裹著絲絨旗袍、高級套裝的洋房女子，對於弄堂裡的煙火、市井、風塵，愈發有著不近情理（想來合情合理）的憧憬。較為寬敞明朗的西式花園、公寓弄堂是不成的，新式里弄怕也不夠混濁，更早期的石庫門、廣式里弄，陰沉些，潮濕些，雜亂些，凝滯著古老淫佚的空氣，可以孳生很多故事。

我在外頭窺探幾回，才終於鼓起勇氣走進弄堂。覺得人家從洋房俯視的姿態與身段有點高，那麼我自己呢？

「你背著一個相機張望什麼？就照呀！」冷不防背後一個大叔插了話，「你照呀，沒關係，中國人都傻傻的，都肯讓你照的。」大叔繼續勉勵我，說中國是有意思的國家，要好好地發現。顯然我是與那些走進弄堂猛拍，美美地刊登在旅遊生活、攝影風俗誌的老外等同級別了，或者對上海人來說，上海自成一國，非我族類皆外人。

有大叔一旁護航，我壯著膽上前，朝那門口擺了四方桌茶罐，眉飛色舞嚼舌根的大媽們按下快門。之前之後我在南義、西西里島的窄巷路口，也看過類似的配備——最簡潔的只需要兩把椅子，加碼可以放咖啡杯零食的小桌，就算高級配置，

（上）東公和里昔日為長三書寓集結之地。

（左下）東公和里過道趁天光閒對弈的爺叔們。

（右下）近聖坊弄堂口，該里弄離祀奉孔子的文廟不遠。

白日裡空蕩蕩，以為有人搬家把不要的家具隨手丟出來；向晚時驀地發現椅子原來是有主兒的，白晝間暑氣剛散去最宜人的時刻，會有大叔大媽這邊乘涼，與歸來的左鄰右舍打招呼聊幾句，看他們消失在各家門後，再說兩句閒話。

《繁花》序言曰，古羅馬詩人有言，「不褻則不能使人歡笑」，大抵如此。流言不分古今中外，但租界裡飛揚的、弄堂中徘徊的流言蜚語，卻還是旖旎幾分。眼裡揉不進一粒沙的年少激昂時代，想到這弄死阮玲玉的流言就義憤難平，到知曉生命裡總有些「洗不淨、煉不精」的雜質，視力也開始衰退，或知天命了。於是看王安憶說上海的真心要在流言裡去找，因這城市在華美的外表下有顆粗鄙的心——好比珍珠芯子「其實是粗糙的沙粒」——不覺會心一笑，偶爾這粗糙的沙粒磨到自己身上，已經有繭子擋著，也不至於磨破皮。

拐進東公和里紅漆樑柱框出的天井，鑲綴一圈鏤花壁飾的簷下，一頭有老奶奶搖椅上睜眼對著你看，另一角的大叔提腕練書法，那一邊大嬸洗菜備料，還沒開始炒，看她的鍋都可以想見鑊氣。弄堂隨著英人圈租界與發展外灘而起，最古老的大多在這一帶，也是豔名遠播的長三書寓密集之地。韓子雲《海上花列傳》裡諸妓與恩客穿梭的各家堂子，是我對弄堂最初的想像，四馬路東公和里，正是登場沒多久就被黃翠鳳搶了客人的蔣月琴家。

透過侯孝賢電影版的長鏡頭凝視，鵝頸燈台或是繪瓷西洋銀燭台下划拳、喫老酒、鬧磕牙的尋芳客，陪同出局幫著勸酒擋酒、絲綢錦繡開襟鑲滾裥衫藕裙的倌人，隨著每一次的光影明滅，扣上披風、卸下釵鐶，往來不同的飯局與弄堂，一個個明媚如彩蝶，卻永遠走不出去，羽翼再怎麼鮮麗，還是牢牢釘在描花板琉璃櫃子裡的標本蝴蝶。

走出天井，一時沒入沒有光的所在，冥想已消失的薫芳里、群玉坊、公陽里，依稀可聞海上名花的笑語、嘆息——沈小紅的剛烈，黃翠鳳的狠辣，李漱芳的癡心，周雙玉的驕矜。牆上高掛的西洋鏡，映照了咕嘟咕嘟抽著的水煙斗、矮几上長柄鴉片竹筒、掏煙竹片、燒炙燃燈與珐瑯嵌絲收納盒；幾乎每個倌人房裡都有自鳴鐘，與色彩斑斕的磁缸、彩凳、花瓶混搭，背景是落著墨菊影的窗紗與西洋風的簾幕；時髦倌人的窗櫺鑲嵌五彩玻璃，桌上擺了雕花水晶糖果盅、西洋風小銅像，過道裝了吊燈，美人垂首搖曳的珠翠，映上背後洋鐵旋花欄杆，更顯眉目如畫；不頂時髦的倌人，掛幾幅字畫、庸俗品味的刺繡錦簾，也就罷了，指望哪日攀上闊氣的恩客，才好製辦頭面用品。

侯孝賢將神魂囚於電影幽閉而永恆的空間，點出觥籌交錯、枕席之間的人情世故，弄堂擺設、把玩物件無不透露玄機；韓子雲的小說家之筆遊走於花煙間、堂子、書寓，也揭露了弄堂之外的景緻，那個開埠以來商貿繁盛、於各路勢力折衝中走向現代化的上海。入夜亮起的電氣燈、自來火（煤氣燈），照得有如水晶宮；失火時外國巡捕引領眾人，將通長皮帶銜接套上自來水管，啟動水龍打火舌；倌人偶爾也會同客人搭馬車出遊，去靜安寺、到洋行買時辰表；在外面照了小相，怕眼睛光也給拍了去，天明未起就給相好舐眼睛，半月而止。

天井的光暗了下來，夾在朱漆木梁間的西式柱廊愈發透出魚骨白，葡萄串與捲葉花瓶的浮雕，托住簷角的暗紅羽狀鏤花，透出不同時期修繕錯落而不違和的風格，給蛇蟲般蜿蜒纏繞的電線水管攀上了，樓梯口赫然一字排開一長列整整齊齊的水電表——這窄院中原來藏了這麼多人家呵，一個鐵皮盒就是一戶，一個螺螄殼。老奶奶闔上眼睡了，微光在她臉上遊走；對弈的兩個大叔專注於棋盤上的車馬炮卒，堂口人來人往絲毫不聞。

認識的朋友早都搬出弄堂，住進小區裡，沒有機緣被邀請去作客。弄堂裡走倒是常遇見老外——不是堂口小酒吧 happy hour 喝一杯、或是來弄堂改的小店參觀的遊客——熟門熟路的樣子就是居民，多半不是為了異國情調，大約是租金便宜。有一回在法租界閒逛，拐進梧桐樹後一座西式弄堂，差點就撞著一路走一路電話上跟學生改上課時間的法國人，看了他一眼，他回看的眼神倒像是弄堂居民慣有的——

（上）威海路春陽里夕照，這塊南京西路邊規模最大的石庫門建築群，已經被整合入新天地風格「文旅商業新地標」的張園。

（下）弄堂口小生意也是一道鮮活的風景。

只不過那個「你就不是住這鄰里的外人」神情，搭上法式高傲的眉眼，有種難言的趣味。另一次在弄堂口修鞋鋪瞧見一個黑人，一身紅衣特別顯眼，與隔壁冰店的可口可樂廣告完全能搭配；鞋匠低頭幹活，他一邊等一邊電話還在談生意，長手長腳在折疊椅上很是侷促。

王安憶說，站在一個至高點看上海，可以感覺弄堂的壯觀。「街道和樓房凸現在它之上，是一些點和線，而它則是中國畫中稱為皴法的那類筆觸，是將空白填滿的。」站在龍門邨入口，特別能感受高手幾筆點線，勾勒出生動的輪廓：飛揚的烏瓦簷角，喚起它前生龍門書院（一八六五）的回憶（在一九三五年改為民居之前，這裡都是富有書香氣息的學府，講堂學舍樓廊經多次改建，民國時期曾名列江南四大名中，以教學卓越升學率高著稱），底下壓住三〇年代裝飾藝術風格的灰泥紅磚，穿過這絕無僅有的中西合璧牌樓，便是上海最深最長的弄堂。

弄堂裡是另一個天地，四圍車馬喧囂都阻絕在外，而這填滿空白的藝術，也充分體現中國畫留白與皴染之間，俯仰轉圜得當之妙。窄仄里弄下層陽光灑不進來的暗角，縱然天氣好總有些潮霉，風起了刮入那頭晾臘肉臘鴨的油潤，鄰里大嬸門口燒魚的醬糟氣，真正是五味雜陳。龍門邨計有七十餘棟建築，包含獨棟別墅、新式舊式里弄等，通道寬敞舒適，徐步行來，但覺開闊宜人。處在老城廂而不是租界，算不得上只角，然而以居住環境與便利性而言，這「下只角的金鳳凰」果然不是浪得虛名。

我在龍門邨一處改成畫廊的院落繞了一圈，扶欄、窗框那纖長優雅的直條紋，看得出麥金塔（Charles Rennie Mackintosh, 1868-1928）的影響，高聳的蘇格蘭角樓半掩在竹葉裡，圍籬邊有個胖小子牽著祖母衣角，傻呼呼對著我笑。再走去幾戶頂著老老實實的鵝黃淺灰泥牆，冷不防凸了一個西班牙式露台，線條卻多少拘謹甚而僵硬，窗台封死了，弄堂那麼多雙眼在看，肯定也不會有浪漫青年抱著吉他露台下唱情歌。

我在巴洛克半圓拱的石庫門前停下腳步，歐洲的拱頂尋常裝飾女神與小天使，這裡卻是把擺在地上的石獅子雕進圓拱深處護衛門戶，底下楣樑如意紋鑲邊淺浮雕刻出「厚德載福」大字。對面的門開了，也是同式樣的石庫門，獅子風格稍有不同，我這邊的冷峻些，那邊的和善些，毛髮歷歷如鬆獅狗，周邊彩緞寶珠裝飾得較為華麗；米字鎖頭雕飾的框裡原也有字，卻已蝕落模糊，勉強看出一個「盧」，另一字無可辨識，猜是原屋主姓氏。

「想進來嗎？」送客出來的大叔對我招手，他看見我手上的相機，臉上的熱望，完全猜到我的心思。於是我得到難得登堂入室的機會。居民都不在，屋舍內悄寂無聲，唯一的動靜是陽光透窗而入，抓住了偷偷游離的塵埃粒子飛舞的痕跡。進了門像是進戲院，伸手不見五指，藉著銀幕流光摸著入座——而這裡的光是從頂樓窗口照進來，斑駁地映在洗石子地上。我摸著輪廓不甚清晰的黑檀欄杆往上走，扶欄與樓梯的厚重感讓人安心，這是老師傅都要感嘆如今愈發難找的堅實木料做工。

隱約瞥見住戶將雜物悄悄堆在光到不了的所在，到三樓漸次明朗處，所見清清爽爽，或是穩穩妥妥躲進架起的門簾後。自頂樓往外望，制高點尚未到，看不出一望無際的點線邊框與內裡皴出的假山雲石：眼前的八角窗小閣樓正好擋住視線，山形屋頂以裝飾藝術的鋸齒收，捲方正雲紋。後棟的鋸齒被填平加高，再後棟的菱形窗已經是簇新的，突破點線二元陣的，還有一幢比一幢高的華廈，四面八方而來。

大叔吩咐下樓慢走別摔著，當然從善如流，再欣賞一回扶欄十字堆疊的裝飾藝術柱頭，整體流暢優美的線條，從三角與長條幾何的純裝飾藝術風格，到入境隨俗混搭吉祥萬字紋之巧，還瞧見方才上樓未留意的一張十二人大圓桌，密密貼壁而立，擺得如此好，絲毫不佔地方。

想像哪家要請客，抬了進來鋪上體面的桌巾，擺一鮮嫩盆花，溫幾壺老黃酒，熟識的小店吩咐幾樣冷菜熱菜，不蠻好嘅？必須佩服上海人，螺螄殼裡總還能做道場。

後記

二〇一〇年上海世博期間，我應邀為《皇冠》雜誌撰寫專欄，記述當時在上海所見所聞。這並不是我首次與皇冠文化合作——小說《離魂香》由他們出版，其後我也多次於雜誌發表小說與散文——卻是由於專欄的機緣，頭一次與平鑫濤先生近距離接觸。

首次與平先生會面聊上海，他準備了台北找得到最好吃的蟹殼黃，微笑著看我在秀雅進食與大快朵頤間掙扎。他說自己剛做過一個大手術，五臟六腑都移了位，不管怎麼樣是活下來了，活著真好。出版部門的業務早已移交集團第二代，閒不住的老先生便掌管他起家與興趣所在的雜誌，體諒他行動力大不如前，編輯部搬到他住宅樓下，是故我按鈴推開鐵門，發現一般門廊過道堆雜物回收垃圾郵件處立了層架，整整齊齊擺滿雜誌與參考資料，穿過編輯工作檯豁然開朗，平先生從他的小桃花源對我招手。他依舊保留良好的閱讀習慣，以「我出版的作品我都要看過」自豪，而這話並不是虛言。

每次從上海回來，帶著淘來的寶——凱司令的水果蛋糕、民國時代的小人書、老上海月份牌、林文煙花露水——去見平先生，也成為某種延續專欄寫作的儀式。他不只是我最特別的讀者：我在上海行走時，常自覺我是代替老先生回到他再也回不去的故鄉，透過我的眼耳為他講述上海故事，他常常使勁地點頭，告訴我的確是這樣，或者他曾經歷的是什麼模樣。這個儀式在他幾次中風之後中止了，老先生終於二〇一九年仙逝，遺言骨灰灑於任何山明水秀之處。相較於杜月笙西望浦東的牽掛，應當更瀟灑自在吧？

脫出專欄連載的上海書寫，自然地延續著，失去了最特別讀者的遺憾，為某種無所拘束、任之漫遊的自由彌補。離我初次造訪、首次提筆寫上海，二十載悠悠而過，相機都換了好幾台，拍攝與書寫的轉瞬成為歷史。冷眼或是熱切，急躁亦或徐緩，有緣見證一段歷史，了結一樁心事，甚好。

內容簡介

每座城市都擁有自己獨特的轉速。

上海，尤其在不同世代呈現萬千變化。從張愛玲筆下風華絕代的老上海，到二十世紀國際化的新上海，世博引領城市高速奔騰，直至大疫來襲，倏忽進入另一時序。一座城市的轉速如何記憶？由老上海走入新上海，每一位曾駐足在此的，或是本地人或是外地人，都以各自的方式感受這座城市。

本書作者林郁庭多年來頻繁進出上海而未曾久居，以漫遊者（**flâneur**）的姿態，追尋眼前與回憶間流逝的上海，琢磨出特有的溫度與距離感，由台灣人的眼光，觀察上海這座城市什麼持續變動，又有什麼在轉變中留存下來。

數年來對於上海的持續探索，林郁庭不僅為隨著黃浦浪潮沉浮的各路英雄好漢創作出小說《海上群英傳》，同時也在想像與紀實之間變幻視角，將其步履行經的上海租界弄堂新舊地標，黃埔兩岸與十里洋場望見的風起雲湧，市井煙塵與高端場所流露的洋氣土氣，涓滴積累為其特有視角的上海記事，也是第一部專注於上海的散文集《海上夢華錄》。

這是一部處處充滿時代痕跡感的文集，猶如金宇澄在《繁花》記述兩代人的上海故事，《海上夢華錄》也在虛構與真實、臨場與追憶之間生成，將過去留下的痕跡，在疫情逐漸淡去的當口重新檢視。

全書共計二十七篇散文，近百幀作者拍攝與選輯的圖片，記述世博前後到疫情前的上海，關於這城市的建築、電影、時尚、市井、歷史與人情，分為五個面向：

- 「**浮光掠影**」是地域書寫，爬梳老城廂、法租界、南京路、虹口、浦東等區身世。
- 「**世博采風**」由世博發展史展開，記錄二〇一〇年世博以如何風貌在上海呈現。
- 「**生活食尚**」從飲食穿衣建築電影時尚面向切入，是關於飄忽物質與精神之際的上海文明側寫。
- 「**雙城故事**」以明星化妝品花露水如何分立於香港上海各自發展為引，為香港上海雙城相互對照而暗別苗頭開展。
- 「**市井風情**」追憶已消失的盧灣、南市，刻劃上海發展過程或隱退或留存的場景，禮查飯店、老城廂、弄堂群、舊書攤與拆遷中的市場，洋溢著新舊上海的風情與人情。

這些時而快速嘶喊，時而緩速慢行的上海味，織就了許多文學與影視作品。以一次次流動於變遷的時空、跨越不同轉速的漫遊，林郁庭的《海上夢華錄》為上海這座城市稍縱即逝的瞬間，留下珍貴的隨筆。

作者簡介

林郁庭 Yu-Ting Lin

學歷

二〇〇四　美國柏克萊加州大學比較文學博士（PhD, UC Berkeley）

一九九八　法國巴黎索邦大學博士候選人（Diplôme d'études approfondies, Paris-Sorbonne）

一九九三　台大外文系文學士

發表作品

一九九六

散文詩〈仕女與獨角獸〉，《聯合文學》一九九六年四月號一三八期。

二〇〇二

中篇小說〈蠔癡〉，上海《收穫》雜誌二〇〇二年第三期。

二〇〇四

極短篇小說集錦〈蔬果齋誌異〉（節選），南京《鍾山》雜誌二〇〇四年第一期。

二〇〇六

長篇小說《離魂香》入圍第六屆皇冠大眾小說獎決選，由皇冠出版。

散文〈帕慕克在柏克萊〉，《中國時報・人間副刊》，二〇〇六年十一月十一日至十一月十二日。

二〇〇七

藝展報導〈第二層皮膚：科幻電影的幻境與真實〉，《電影欣賞》二〇〇七年一—三月號，一三〇期。

獲中國時報第二屆人間新人獎，散文〈風格・山本耀司〉，《中國時報・人間副刊》，二〇〇七年十一月一日。

二〇〇八

中短篇圖文小說集《愛無饜》，由法國插畫家歐笠嵬（**Olivier Ferrieux**）繪圖，印刻出版，入圍第三十三屆金鼎獎最佳文學類圖書獎。（簡體版《飲食男女**A-Z**》於二〇〇九年由廣西師範大學出版社出版）

二〇〇九

影評〈深邃幽遠自然流露的《生命之詩》〉，《印刻文學生活誌》二〇一〇年十二月號。

二〇一一

書評〈燦爛而殘酷的大漠〉，《中國時報・開卷週報》，二〇一一年三月二十七日。

影評〈戲夢巴黎始末〉，《中國時報・人間副刊》，二〇一一年四月二十二日。

《三少四壯集》專欄，《中國時報・人間副刊》，二〇一一年五月十八日開始（每週三），以個人旅居歐美、回歸亞洲之生活體驗、文化觀察為題材。

書評〈《最後一封情書》：獻給生命與摯愛的真誠告白〉，《走台步》創刊號，二〇一一年八月。

散文〈從蘇州河到老場坊〉，《皇冠》，二〇一一年九月號第六八一期。

潮流運動與行動藝術評介〈我跑故我酷：關於 Parkour 的幾個路徑〉，《MOT/TIMES 明日誌》，二〇一一年十二月二日上線。

二〇一二

與黃鈺書（筆名竹風）共同發表主題式小說，《吸血鬼小說：嗜血的書寫與影像，林郁庭〈月黑風高〉X 竹風・鈺書〈吸血廚師〉》，《印刻文學生活誌》二〇一二年五月號。

童話〈想變成龍的蚊子〉，香港《明報週刊．日月文學》，二〇一二年十月二十七日，Sheet No. 20，No. 2294。

二〇一三

散文〈杏仁糖之味：呂北克今昔身世之旅〉，香港《陽光時務週刊》，二〇一三年一月十日，Issue 38。

散文〈有點花露水〉，台灣高鐵雜誌《TLife》九月號，No. 45。

影評〈愛與瘟疫在威尼斯〉，《中國時報．人間新舞台》，二〇一三年十一月三日。

散文〈南外灘傳奇〉《皇冠》，二〇一三年十二月號第七一八期。

二〇一四

散文〈茉莉花，革命〉，《印刻文學生活誌》二〇一四年十二月號。

二〇一五

散文〈上海水舍：舊弄堂與新風景〉，《端傳媒》，二〇一五年七月三十一日上線。

散文〈由淺水灣往戰地行〉，《端傳媒》，二〇一五年九月三十日上線。

二〇一六

散文〈非誠勿擾：上海相親見聞〉，《端傳媒》，二〇一六年七月三十一日上線。

影評〈比利．林恩的中場戰事：李安用超真實3D給我們的教訓〉，《端傳媒》，二〇一六年十一月十六日上線。

與黃鈺書創立音樂團體YUs，結合尺八與鋼琴豎琴的獨特組合及兩人文化研究的背景，探索東西樂風融合、詩歌影像入樂、多媒體跨領域呈現等。獲第一屆法國Camac台灣豎琴大賽無界限團體創意組首獎，二〇一七年起於港台各地公開演出。

二〇一七

散文〈赫瓦爾葡萄酒：從古希臘到當代〉，《印刻文學生活誌》，二〇一七年二月號。

影評〈從川端康成、山口百惠到新《古都》電影版〉，《端傳媒》，二〇一七年三月七日上線。

影評〈看多元成家電影《當他們認真編織時》怎麼教小孩〉，《端傳媒》，二〇一七年三月二十六日上線。

散文〈奇娜．瑪夏朵的傳奇：從上海法租界到巴黎伸展台》〉，《端傳媒》，二〇一七年四月二十九日上線。

影評〈寫實之荒謬，荒謬之現實：看《台北物語》和《天后開麥拉》〉，《端傳媒》，二〇一七年六月二十四日上線。

影評〈先讓英雄救貓咪，但貓咪可以拯救一部電影嗎？〉，《端傳媒》，二〇一六年十一月九日上線。

二〇一八

影評〈《幸福路上》的溫吞世代，如此走過四十年〉，《端傳媒》，二〇一八年一月十六日上線。

二〇一九

推薦序〈古典時期到網絡世代千迴百轉的愛慾百科〉收錄於《不忠辭典》（聯合文學），二〇一九年十二月二十三日出版。

二〇二〇

散文〈宅防疫飲酒指南：六款酒陪你嚐盡幽居之美〉，《端傳媒》，二〇二〇年四月十八日上線。

二〇二一

影評〈水漾的女人：遊走柏林水濱的奇幻愛情傳奇〉，《端傳媒》，二〇二一年一月二日上線。

散文〈開羅的日夜：神燈，金字塔，革命前夕〉，《幼獅文藝》，二〇二一年八月號。

譯作

二〇〇八

女性主義經典《性／別惑亂：女性主義與身分顛覆》（*Gender Trouble: Feminism and the Subversion of Identity*），茱笛絲・巴特勒（Judith Butler）原作，由桂冠與國立編譯館聯合出版。

國家圖書館出版品預行編目 (CIP) 資料

海上夢華錄：憶上海租界弄堂．灘頭浪潮．市井煙塵／林郁庭著．-- 初版．-- 新北市：立緒文化事業有限公司，民113.10
256 面；14.8×23 公分．--（新世紀叢書）
ISBN 978-986-360-231-6(平裝)

863.55 113013005

海上夢華錄：憶上海租界弄堂・灘頭浪潮・市井煙塵

出版——立緒文化事業有限公司（於中華民國 84 年元月由郝碧蓮、鍾惠民創辦）
作者——林郁庭

發行人——郝碧蓮
顧問——鍾惠民

地址——新北市新店區中央六街 62 號 1 樓
電話——(02)22192173
傳真——(02)22194998
E-mail Address——service@ncp.com.tw
網址——http://www.ncp.com.tw
劃撥帳號——1839142-0 號 立緒文化事業有限公司帳戶
行政院新聞局局版臺業字第 6426 號

總經銷——大和書報圖書股份有限公司
電話——(02)8990-2588 傳真——(02)2290-1658
地址——新北市新莊區五工五路 2 號
排版——菩薩蠻數位文化有限工司
印刷——尖端數位印刷有限公司

法律顧問——敦旭法律事務所吳展旭律師

分類號碼——863.55
ISBN——978-986-360-231-6
出版日期——中華民國 113 年 10 月初版 一刷（1～1,000）

定價◎360 元 立緒